遇见创新者 ②

九位医药连续创业者访谈录

宁静 著

医药魔方 宁静访谈录 联合出品

中国 高等教育出版传媒集团
高等教育出版社·北京

内容简介

制药济民，是生物医药行业最核心的理念。本书辑录了 9 位生物医药领域连续创业者的访谈录。他们是在生物医药领域创新创业的实践者，他们在医药领域的职业经历及思考、创新理念及探索、创业初心及历程、商业模式及发展、行业思考及智慧等，将为我国医药行业注入可借鉴的实践经验及创新智慧，也将为更多对生物医药领域感兴趣的读者带来思考和启迪。

图书在版编目（CIP）数据

遇见创新者.2，九位医药连续创业者访谈录 / 宁静著. -- 北京：高等教育出版社，2023.8
ISBN 978-7-04-060918-9

Ⅰ.①遇… Ⅱ.①宁… Ⅲ.①访问记 – 作品集 – 中国 – 当代 Ⅳ.①I253

中国国家版本馆 CIP 数据核字（2023）第 137142 号

Yujian Chuangxinzhe 2, Jiu Wei Yiyao Lianxu Chuangyezhe Fangtanlu

| 策划编辑 | 林金安 | 责任编辑 | 张映桥 | 封面设计 | 李卫青 | 责任印制 | 朱 琦 |

出版发行	高等教育出版社	网　　址	http://www.hep.edu.cn
社　　址	北京市西城区德外大街4号		http://www.hep.com.cn
邮政编码	100120	网上订购	http://www.hepmall.com.cn
印　　刷	唐山市润丰印务有限公司		http://www.hepmall.com
开　　本	787mm×1092mm 1/16		http://www.hepmall.cn
印　　张	15.25		
字　　数	200 千字	版　　次	2023 年 8 月第 1 版
购书热线	010-58581118	印　　次	2023 年 8 月第 1 次印刷
咨询电话	400-810-0598	定　　价	68.00 元

本书如有缺页、倒页、脱页等质量问题，请到所购图书销售部门联系调换
版权所有　侵权必究
物　料　号　60918-00

推荐序

毕井泉

第十四届全国政协常委/经济委员会副主任

中国国际经济交流中心常务副理事长

创新需要精神,更需要土壤

生物医药创新是勇敢者的事业。创新需要精神,更需要土壤。遇见创新者不易,在中国遇见创新者尤其不易。

创新精神决定着创新的萌发,创新土壤决定着创新的繁荣。我们在弘扬和保护科学家、企业家创新精神的同时,更需要不断培植中国生物医药创新的土壤,优化鼓励创新的政策环境和市场环境。

在全球现代药物兴起的百年历史中,也曾偶遇中国创新者。20世纪20年代陈克恢教授发现麻黄素的药理作用,40年代张昌绍教授发现常山碱及其抗疟作用,60年代人工合成结晶牛胰岛素,70年代以屠呦呦为代表发现青蒿素,70—80年代治疗急性早幼粒细胞白血病的三氧化二砷和全反式维A酸的应用等。

进入21世纪，我国加入世界贸易组织（WTO），医药市场吸引了全球的关注。生物学、药物学等新兴学科和制药工业技术蓬勃发展，一些跨国公司开始在中国设立研发中心，国家设立重大新药创制专项，支持生物医药创新。在国外受过教育、有工作经验的科学家回国创业和授业成为潮流，一些生物医药创新成果开始形成。同时，国内生物医药审评审批制度更新速度滞后于医药行业创新速度、国际创新技术与标准规范不能落地、新药申请积压，这几种矛盾凸显，改革药品医疗器械审评审批制度的呼声日益强烈。

产业发展推动制度变革，制度变革又进一步激发创新。2015年开始的药品审评审批制度改革，整顿了药品研发中不真实、不完整、不规范的风气，提高了药品审评标准，简化了药品审评程序，增加了药品审评人员，明确了药品研发各阶段的市场主体权利和责任，推动了未盈利生物医药企业资本市场的建立，实现了药品审评审批制度与国际基本接轨。药品研发的生态环境发生的重大变化，极大地激发了市场主体的积极性，中国生物医药出现了蓬勃发展的局面。

近十年来，中国批准上市的新药数量占到全球16%，中国临床试验项目数量已经占到全球三分之一，仅次于美国。生物医药创新已经成为中国进入创新型国家的重要标志，成为中国经济高质量发展的重要领域。本书所辑录的就是中国生物医药创新发展的具有代表性的案例。

推动经济高质量发展靠创新，生物医药产业高质量发展更需要创新。营造鼓励创新的生态环境，既要努力优化创新的生态环境，更要努力营造让中国创新产品获得商业上成功的市场环境。

一个创新药的成功，最终要能够实现商业上的成功。只有商业上成功，才能吸引更多的科学家来到中国从事生物医药研发，才能吸引更多的资金投入生物医药的研发和创新。

营造生物医药高质量发展的生态环境，最重要的是生物医药的价格形成机制。价格是市场经济的核心，构建高水平社会主义市场经济体制，充分发挥市场在资源配置中的决定性作用，是党的二十大报告再次明确的基本方向。市场配置资源，是以企业自主定价为前提的。

价格是由市场供求关系决定的。医药市场的需求是没有止境的。随着人们收入水平的提高，人们对健康的期盼也越来越强烈。越是没有被满足的需求，价格弹性越大，市场价格偏离成本会越多；已经被满足的需求，则价格弹性极小，市场价格则无限贴近制造成本。创新的最高境界是满足市场尚未满足的需求，也就是无药可医的疾病治疗的需求，这个领域的创新，就是救人性命的创新，其价值的衡量标准可能是挽救生命的机会收益，其价格与成本可能完全没有关系。创新的次高境界是比现有标准治疗药物更好的疗效，更小的副作用，更便利的治疗方式，其价值的衡量标准，也就是比现有药物能够带来获益程度的估计和计算。这种创新，虽然不具革命性意义，但可以改善治疗效果、提高患者生活质量、促进市场竞争，也有其重大意义。

生物医药创新与其他领域的创新，共同之处在于物质或原理的发现，不同之处在于对某一适应证的治疗作用需要通过临床试验来验证其安全性、有效性。这种临床验证有着严苛的标准和规范，需要巨额的投入，而且有着极大的不确定性。这就是所谓的"三个十"定律：十亿美元投入、十年时间、百分之十的成功率。因此，对生物医药创新的激励也有其特殊性，这就是专利期延长制度和数据保护制度。这两项特殊的知识产权保护制度，对激励生物医药创新极为重要。

专利权的授予和数据保护，其经济学上的意义在于市场独占权。这种市场独占权是以自主定价为前提的。自主定价并不是漫天要价，其约束条件就是治愈疾病、改善治疗效果、延长患者生命时间、提高患者生活质量带来的收益，以及与现有治疗手段相比较带来的额外获益。实际生活中的价格，还要受到患者有支付能力的需求的约束，因此就有了跨国公司按照各国国民收入水平高中低划分的全球定价策略。

为了解决鼓励创新、市场独占、药品价格昂贵与居民支付能力和需求之间的矛盾，就出现了以居民共济为本质特征的医疗保险。医疗保险是建立在人人都会生病的必然性和个体生病偶然性基础上的社会共济制度，每人每年都缴纳一笔费用补助给患者，尤其是患大病的患者，防止因患病带来的家庭灾难。这个制度设计，对于社会稳定和鼓励创新意义重大。所以，医疗保险本质特征是保大病，防范因为患病导致的家庭贫困。

医疗保险作为生物医药的支付方不同于购买方。如果保险公司直接雇用医务人员给患者提供医疗服务，或者直接采购药品分发给患者，支付方可以等同于购买方。医疗产品的特殊性在于患者是按照医生处方消费的。如果医疗产品的销售与医生没有利益关系，医生就会按照患者需要开具处方。如果医生工资来源于医疗产品的销售，二者之间存在明显的利益关系，医生处方行为就可能会扭曲。我们国家的现状是，医生不是保险公司的雇员，药品也不是保险公司采购免费分发给患者，而医生工资的一部分又来源于医疗产品销售，所以医疗保险是支付方但不是购买方。医疗保险以进入医疗保险报销目录为条件谈判价格，本质上还是政府定价。医疗保险谈判价格后，企业还是要面对医疗机构买不买、以什么价格条件和付款条件购买的困境。政府定价是很难有创新的。政府定价很难估算企业研发失败的沉没成本，很难准确预测市场销售数量，无法承担因预测错误带来的后果。

我国对药品价格管制的另一个重要原因是药品主要由公益性的医疗机构销

售,而医疗机构又是医药合一的体制,各级财政无法负担医务人员全部工资性成本,加之医疗服务价格严重偏低,医务人员工资性成本相当一部分来源于药品、耗材、检查检验销售结余。这种以药补医的机制,驱使生产企业虚高定价,医疗机构也从虚高定价中受益,因此需要有政府进行价格干预,防止医药双方为了自身利益而虚高定价损害患者的利益。

医疗机构药品零差率销售,是破除以药补医机制的重要尝试,但并不成功。药品销售虽然零差率,但医疗机构药品采购和销售的权力,可以决定产品在医院的准入和退出,这种权力带来的回扣、折扣、处方提成等违法行为屡见不鲜。零差率还助长了医疗机构药品销售的垄断。欧美实行医药分业管理的体制,医生收入来源于诊疗费、手术费,患者持医生处方到零售药店买药,医院只储备必要的住院患者所需药品。由于与医生属于不同的市场主体,加之无处不在的税务监督,药品销售与医生处方行为很难建立起直接的关系。国际上,医疗机构销售药品只占全社会零售药品总额的10%,而零售药店占90%;而我国医疗机构药品销售则占到全社会的80%,零售药店只占10%,乡村诊所占10%。因为零差率,医院销售的药品价格理论上要比零售药店低15%左右,零售药店在竞争中处于更加不利的地位。

营造生物医药高质量发展的市场环境,还要推进更深层次、更广领域的改革。核心问题是推进党的二十大报告提出的医药卫生体制改革,破除以药养医机制,理顺医疗服务价格,使医疗服务价格能够补偿医务人员工资性支出,使医生收入水平足以吸引学生学医、医学毕业生愿意从医,尤其是愿意到基层当医生,这样才能建立起健康中国的坚固基石。医疗服务价格合理,一定会吸引医生走出医院到社会上开展个体执业,医院的门诊药房也就没有存在的必要,自然实现医药分开分业管理。实现医药分开管理后,统一学制的医生培养准入制度至关重要,包括全科医生的培养和准入制度、全科医生执业的经济政策、对于偏远地区执业医生的额外补助等，也包括专科医生的培养准入制度、专科医生执业的经济政策等。通过全国统一的医生培养准入制度的建立，使患者在任何诊所和医院都能够得到满意的基本医疗服务。

营造生物医药高质量发展的市场环境，还需要继续完善鼓励创新的医疗保障政策。党的十八大以来，我国医疗保障制度进行了很多改革和完善，对保障人民健康发挥了重要作用。但由于我国的医疗保障体系脱胎于职工公费医疗和新型农村合作医疗，不可避免地带有计划经济年代的某些色彩，保大病的作用还不够突出，基本制度的设计还有很多需要研究完善之处。从鼓励生物医药创新的角度，需要认真研究新药谈判价格和谈判支付标准分开的政策，允许企业在一段时间内自主制定创新药价格，医保按现有标准治疗药物支付，给市场一个检验、探索的机会；期满后再进行价格和支付标准的谈判，合意的价格按现有支付比例支付，不合意的价格降低支付比例。在这个过程中，要严格规范创新药市场推广，严厉打击按销售数量给医生好处的违规行为，鼓励公平竞争。

营造生物医药高质量发展的市场环境，还要进一步优化鼓励创新的审评审批制度。新上市的药物，一定要比现有治疗药物有明显的优势。要进一步提高伦理审查和遗传物质审查的效率。在药物研发各环节，要对标国际标准，增强中国生物医药研发的国际竞争力。

营造一个与国际接轨的研发和市场环境，也是生物医药国际合作和竞争的需要。生物医药研发是造福全人类的共同事业，需要各国科学界的合作。我们国家有着人口众多、市场规模巨大的优势，现在也有了很好的发展基础，我们一定能够为人类健康事业作出更大的贡献。

《遇见创新者》系列书籍收录的创新故事值得被记载、被更多人看到，期待后续能看到更多的精彩访谈。中国生物医药产业创新还刚刚起步，希望有更多的企业、科学家创新创业成功，让中国的老百姓用上全球最好的治疗手段，让世界各国人民都能从中国药物创新中获益。

2023 年 2 月

自序

当《遇见创新者》系列访谈录第二季的主题定义为"连续创业者"的时候,我有一点犹疑:做医药需要长周期,在医药圈里能有多少连续创业者?

当顾问团——医药魔方创始团队的几位成员不约而同写下第一位受访者的名字"余国良"时,我开始对这个系列的首次访谈充满期待,因为他的名字在《遇见创新者》第一季的访谈中曾被屡次提及,我也很想知道这样一位被业内人津津乐道的传奇人物究竟有着怎样的故事。

《余国良:用最开心的方式放肆地活着》——连续创业者系列访谈录,就这样开始了。

为什么要用一年时间聚焦于"连续创业者"?

他们有何非同寻常的特质?

他们的成长经历是否对日后的重要决定有着关键性的影响?

他们作出重大决定时最主要考量的因素是什么?

他们连续创业的起因和动力是什么?

他们自身获得的创业经验适用于下一次不同环境背景下的再创业吗?

他们因何更易于成功?

他们成功的光环背后是否隐藏着某种底层逻辑？

创业对他们而言究竟有怎样的魅力？

这些经历过商业周期的起伏却仍在连续创业的医药人对他人有何启示？

记录他们，能给读者甚至这个时代留下什么？

这些在瞬间涌出的问题，也成为我当时决定用一年时间持续关注连续创业者的动力。

没有访谈，就不会有答案。我只能尽己所能如实记录，记录他们讲述的过往，记录他们亲历的时代变迁，记录他们在连续创业过程中的历练和思索。他们的经历和故事，也将是他们能给出的最好的答案。

起念于2019年的《遇见创新者》系列访谈录，开始于2020年1月。让人始料未及的是，原本临时采用的"在线采访"形式竟然坚持了3年；原本总以疫情作为访谈开场的"非正式设置"演变成了绕不开的话题；疫情之下的种种非常体验也成为访谈录中不可分割的一部分。

疫情改变了世界，没有被疫情改变的坚持就显得格外可贵。

在与医药魔方创始人周立运决定联合出品《遇见创新者》系列访谈录之初，我只提出了一个要求——不以任何利益为前提筛选受访者。至今3年，他没有食言。

连续创业者的筛选着实不易。尽管医药魔方有着庞大的行业数据优势，但从上万家医药企业中筛选出几位很难被"关键词"定义的连续创业者，仍然是一个难题——某些无法依靠数据而更依赖于"感觉"的筛选过程，可能也正是AI（人工智能）很难取代人的真实体验吧。

《遇见创新者》系列访谈录计划做10年。始于疫情初起时的《遇见创新者》第一季，辑录了 13 位海归科学家回国创新创业的故事，他们在非常时期的各种管控下依然一路向前。《遇见创新者》第二季以访谈时间为序，辑录了 9 位活跃在医药创新前沿、颇具影响力的连续创业者，在他们独特的成长经历中，有高光时刻，也有至暗岁月。

"少年时期的特殊经历造就了我极度内向的性格，我甚至很少说话，以至于周围很多人都以为我不会说话。多年后，当我刚进入英特尔做管理时，我的家人也认为我不适合做管理，道理很简单——不爱说话怎么做管理？那段经历也给了我一个自信：无论把我丢在多么恶劣的地方，我都能够生活，我也因此成为了一个生存能力、韧性都非常强的人。"（李戎）

"我并没有什么清晰的职业规划，去美国读书可以见见世面，所以就跟着大家一起备考。农村出来的孩子不怕吃苦，也不怕考试，那两个月我把TOEFL、GRE 等所有能考的都考了一圈。后来在美国博士毕业时我仍然不明确自己要干什么，又把能考的都考了一圈，包括 GMAT、MCAT、LSAT，我就是这么一个能折腾的人。"（赵春林）

"做科研过程中，每一次创新都是在走投无路、让人焦虑到极点之后的突破，因为创新就要打破束缚，新思维的产生又会产生新的问题，周而复始。药物创新就是连续解决问题的过程，所以我大部分烦恼都跟药物研发有关。回头看这些都是非常有意思的过程，但身在其中时常常感觉非常挫败、煎熬。"（崔景荣）

这些真实的记录，不是为了让他们的故事增添些许动人的色彩，而只是为了还原一个更接近真实的人。在他们平静的讲述中，有着像普通如你我一样迷茫和挫败的伤；而在那些伤痛处，或许就有你我想要寻找的光。

一百年前，中国现代思想家梁漱溟的父亲问他："这个世界会好吗？"他回答:"我相信世界是一天一天往好里去的。"

疫情三年,这个世界已经变得面目全非了。但我仍愿意相信,这个世界是一天天往好里去的,至少,我们还有自由和权利选择与一些美好的人相遇,不是吗?

下一季,遇见谁?

2023 年 1 月

目录

余国良：用最开心的方式放肆地活着   4

"热爱生活吧，用你觉得最能让你开心的方式放肆地活着，这是基因赋予生命的自由。如果 10 岁不幼稚，20 岁不莽撞，30 岁不自负，40 岁不自省，50 岁不感恩，60 岁不天真，这都是对人生的浪费。"

赵春林：生命不息，奋斗不止   34

"在清华上学时大家经常讨论一个哲学问题：人是否生来平等？多年后发现，人很难生来平等，因为爹妈遗传的基因不同、能提供的资源也不同。这世上唯一平等的是上天给予每个人的时间，区别在于怎样度过属于自己的几十年。我就是什么都想去尝试一下，生命不息，奋斗不止！"

王印祥：成功，不过是以己之长坚持奔赴   60

"每个人都有不同的思维方式，我在基础研究方面不擅长，但在转化医学、应用性研究中找到了价值和快乐。所以，做自己擅长的，咬牙坚持下来就会有意想不到的收获。"

郭春龙：超越边界   82

"失败是成长的伙伴，一路上伴随我们超越边界、超越输赢、超越自我。"

李戍：业无界，心无涯 　　108

"老子说：天之道，损有余而补不足，是故虚胜实，不足胜有余。这句话在强调一种平衡，也时刻提醒我：人生就像海浪，时有高低，成功时不要得意忘形，失败也可以转败为胜。"

王立群：激情让我再出发 　　134

"我特别享受现在创业的过程，如果换作其他任何一个赛道，都不会让我比现在更有激情。可以说，我正在做的就是最让我有激情的一件事。"

傅新元：如果人生有使命，我的使命就是为生命科学做点贡献 　　158

"我有个特点——I never do follow up work（我从不做追随性的工作），我的目标就是不断创新，包括人生的不断开拓。"

魏文胜：只有尝试，才能造就更多可能性 　　182

"人生永远无法预知，那些没有成功、未遂人愿的尝试造就了后来更多的可能性，那些曾经的伤痛也都成为成长过程中命运的安排。"

崔景荣：如果人生可以重来，我还会做药物化学家 　　202

"如果人生可以重来，我还会选择化学，也还会做药物化学家，因为我感觉做药物研发是一种使命，一种责任，当然也乐在其中。"

致谢 　　227

余国良
赵春林
王印祥
郭春龙
李　戍
王立群
傅新元
魏文胜
崔景荣

余国良

生物医药科学家、企业家、投资人、创业导师、公益事业推动者、科普作家,现任 Apollomics 董事长兼 CEO。复旦大学生物化学学士、加州大学伯克利分校分子生物学博士、哈佛大学医学院博士后。师从 2009 年诺贝尔生理学或医学奖获得者伊丽莎白·布莱克本(Elizabeth Blackburn)教授,参与并发现了端粒酶及其作用机制。

他曾在《科学》《自然》《细胞》等刊物发表 40 多篇论文,是 400 余项国际专利的发明人。他在癌症、心血管代谢疾病、人类基因组、免疫和单克隆抗体多领域的研发和创新中均有重要成果。他是 20 余家生物技术和健康产业公司天使投资人,被誉为生物医药圈的"独角兽捕手"。他还担任吴瑞基金会、美国癌症研究基金会、百华协会等多家生物医药行业协会理事,并荣获 2019 全球浙商金奖、第 20 届北美华人生物医药协会(CABS)生命科学大奖等殊荣。

余国良：用最开心的方式放肆地活着

热爱生活吧，用你觉得最能让你开心的方式放肆地活着，这是基因赋予生命的自由。如果10岁不幼稚，20岁不莽撞，30岁不自负，40岁不自省，50岁不感恩，60岁不天真，这都是对人生的浪费。

——余国良

第一次听到他的名字，是在2020年3月采访三迭纪创始人成森平时。我问她在求学和工作中受谁影响最深，她说：

"我的创业导师对我影响很大。作为生物医药圈内声名远扬的连续创业者，余先生从30多岁起就在美国和中国持续不断地创业。他对创业的喜欢发自内心，就好像刚翻过一座山，他就会一刻不停地再去爬另一座山。他一直告诫我要做十年之后大家仍然认为技术先进的项目，不要跟风，要有自己独立的判断力、预见性和前瞻性。用长期目标管理近期业绩是非常重要的战略思路，我也一直以此传递三迭纪的理念。"

当《遇见创新者》第二季系列访谈录定义为"连续创业者"的时候，顾问团——医药魔方创始团队的几位成员都不约而同地写下第一位受访者的名字——余国良。

第一次微信联络余国良先生时，他刚到旧金山。我并没有意识到旧金山时间是几点,就开始沟通访谈流程等事宜。他对每一条微信都积极回应,并给我发来一张图片,是《遇见创新者》第一季的封面,并说已拜读过我的新书。

后来我才知道,那时是旧金山当地时间凌晨三点,因为时差反应,他刚起床。贸然地打扰他,我心里有点抱歉,但同时又有些感动,因为他完全没有因为我的冒昧而有一丝一毫的怠慢。

一周后的视频采访持续了两个多小时,他始终微笑着回答我的各种问题。他在微信朋友圈的签名是"传播快乐",仅仅两个小时的在线交流也能感受到这一点。

"我看过很多关于您的报道,谈及连续创业,您多次用了'好玩儿'这个词。对您而言,'好玩儿'的含义是什么?"

"'好玩儿'的前提是我很感兴趣,认为能做成,并能达到比较大的社会效益。'好玩儿'已经成了我的口头禅,比如我想去吸引某人一起做事,我就会说这件事很'好玩儿',希望一起玩儿。一个人的时间精力毕竟有限,如果很多志同道合的人能一起共事就会达到更大的社会效果,那种满足感、幸福感会放大很多倍。"

"您有很多的身份标签,比如科学家、企业家、投资人、创业导师、公益事业推动者、科普作家等,在这些身份中您最喜欢哪一个?"

"科学家始终是我的本质,因为我一直保持着好奇心,想要探知事情的根本原理,这也是科学家的显著特点。但如果让我定义我自己,其实我是一个生活爱好者。创业者、投资者等身份标签,都只能代表我做过或者正在做的事情而已。"

"我的导师获得了诺贝尔生理学或医学奖,她感谢我曾在端粒研究中的付出"

1979年,毕业于杭州第二中学的余国良参加高考,考了全校第二,想当工程师的他报考了浙江大学激光系和复旦大学物理系。结果杭州第二中学接到复旦大学招生老师的电话，"这个孩子各方面都好，但物理没有考满分，考物理系要求这门科目满分，有没有兴趣改报生物系？"

这个电话，改变了余国良的人生。

从复旦大学生物系毕业后，余国良考入中国科学院上海生物化学研究所读研究生。当时正值改革开放初期，他通过了第三届CUSBEA项目考核，1984年远赴美国加州大学伯克利分校攻读分子生物学博士学位。

CUSBEA（China-United States Biochemistry Examination and Application）即中美生物化学联合招生项目，是我国改革开放后生命科学领域最早的国家公派留学项目。

改革开放初期，我国的科技教育水平和世界先进国家的差距很大，急需利用国外的条件培养科技人才。旅居海外具有较高学术声誉的一些华裔科学家，主动担负起了牵线搭桥的重任。继1979年华裔物理学家、诺贝尔物理学奖获得者李政道教授发起中美物理学联合招生项目（CUSPEA）后，华裔分子生物学家、美国康奈尔大学教授吴瑞[①]于1981年发起CUSBEA，在中国选拔优秀学生赴美学习生物化学和分子生物学研究生课程，直至1989年项目结束，八年间共招收422名中国学生赴美学习。

[①] 吴瑞（1928—2008），生于北京，生物化学家，DNA测序、基因工程、生物技术领域的重要开创者之一，中国工程院外籍院士，美国康奈尔大学教授。1949年赴美国留学，1950年获得美国阿拉巴马大学化学学士学位，1955年获得美国宾夕法尼亚大学生物化学博士学位。1966年成为美国康奈尔大学生物化学和分子生物学副教授，1972年晋升为教授，1976年至1978年担任美国康奈尔大学生物化学、分子与细胞生物学系主任。2001年当选为中国工程院外籍院士，2003年当选为美国科学促进会会士。

读博期间，余国良师从 Elizabeth Blackburn 教授。2009 年，诺贝尔生理学或医学奖颁布，余国良的导师 Blackburn 及师姐 Carol Greider 等 3 位美国科学家因为发现端粒和端粒酶保护染色体的机制同获此殊荣。当年余国良也是研究团队成员之一，他和导师发表在 Nature 的论文《在端粒序列和四膜虫端粒酶 RNA 的突变引起体内衰老改变》被 Blackburn 视为一生"最得意之作"。

1990 年获得博士学位后，余国良对没有免疫系统和自由活动能力的植物如何抵御外来侵害产生了兴趣。同年，他进入哈佛大学医学院做博士后，师从 Frederick Ausubel 教授，专注于植物抗病基因的研究，并发现了第一个植物抗病基因。

"进入人类基因科学公司，弃学从商是我的第二次转折"

博士后研究期间，余国良在业余时间喜欢泡在学术沙龙里发表奇谈怪论。有一天哈佛大学著名教授 William Haseltine 找到他说，基因革命即将到来，历史只会发生一次，问他是否愿意一起开创基因事业。

"我是个被动的人，在哈佛大学很少有著名教授把学生请到家里聊天。Haseltine 是哈佛大学最有演讲天分的学者，如果一群投资人听他演讲，3 分钟后就会往他的项目里扔钱，我自然被他说服了。"

1992 年，美国国会批准可进行人类基因组学研究。William Haseltine 辞去了哈佛大学教授一职，在美国国立卫生研究院（NIH）附近创建了美国人类基因科学公司（Human Genome Science Inc，HGS），这是历史上第一家从事人类基因组测序的公司。

余国良是被说服加入 HGS 的八位来自中国的博士后之一，从此，他跨入了工业界和生物界。进入 HGS 后，余国良负责肿瘤坏死因子家族相关的基因研究，巧合的是，他发现与自己英义名缩写相同的"GLY"序列在基因中反复出现，由此他发现了与免疫有关的药物靶标 Blys。

多年后的 2011 年，以 Blys 为靶点开发的治疗系统性红斑狼疮的抗体药物 Benlysta 面世后，HGS 市值在三个星期内由几千万美元暴涨至 30 亿美元。人类基因组学研究也因成功发现几十个与疾病相关的药物靶标后成了大热门，一度成为资本市场的神话。

在 HGS 五年多的研究岁月，余国良也意识到基因研究与临床应用之间距离遥远。这时，他的另一位哈佛大学博士后导师、孟德尔生物技术公司发起人 Frederick Ausubel 教授，深知他在植物基因学、人类基因组学方面的研究背景和经历，邀请他出任孟德尔生物技术公司资深研发副总裁，领导 60 余位学者组成的科研团队。

1998 年，余国良接受聘请，举家迁往硅谷。三年后，他领导的团队在 Science 杂志上发表了关于植物全套转录因子基因的论文。36 岁的余国良这时已在 Nature、Science、Cell 等期刊上发表论文 30 余篇，名下的国际专利达 120 余项。

2001 年，人类基因组图谱公布，预示着人类正走向后基因组时代和蛋白质组时代。余国良也把目光投向蛋白质的研究，因为抗体蛋白是解决从基因研究到临床应用的途径之一。

"如果留在孟德尔，我可以继续拥有丰厚的物质待遇。但那时我觉得好像时代在召唤，我该跳到海里去了，就萌生了创业之心。"

"在阴暗狭小的实验室里激情高涨，那种感觉就叫'硅谷创业'"

在一次国际会议上，余国良听到加州大学 Robert Pytela 博士有关兔单克隆抗体技术的报告。当时他正在寻找一种廉价、高效、能高通量生产抗体的方法。与当时普遍采用的鼠克隆抗体技术相比，兔单克隆抗体的专一性、亲和性均优于前者,他就有了创建兔克隆抗体技术公司的冲动。

他的想法与 Pytela 博士及另外两位研究伙伴朱伟民、张东晓不谋而合。随后四人纷纷辞职,一起创建了艾必通生物技术公司(Epitomics)。

创业难,余国良也不例外。Epitomics 创建仅仅一星期,"9·11"事件发生了。兔克隆抗体技术专利属于芝加哥 Loyola 大学,想要长期开发这项技术就需要获得独家专利权。购买独家专利权需要 500 万美元,对于刚刚创建就赶上"9·11"的 Epitomics 而言,融资极其艰难。余国良抵押了自己家的房子,贷到 5 万美元。

"我的做法感动了'老外',他们从来没听说过有人会抵押房子购买知识产权。可 5 万美元还是太少,怎么办?很多困难貌似很难解决,这 500 万美元的专利权费用可能会让很多人知难而退。最后,对方建议我先用 5 万美元购买半年专利权,我因此走出了重要一步。"

半年后,筹措资金依然困难,余国良最终说服对方以 100 万美元获得独家专利权。"其实 100 万美元我也无法一次付清,后来是分 3~5 年支付的。在那几年中,用这项技术平台做业务,公司开始融资,也开始成长。"

创业之难还不仅仅这些,虽然回头看时,都已成为笑谈。

"我们当时租了一个特别破的实验室,又阴暗又窄小。新家总归要打扮一下,我们四人分工,我负责刷墙,我们的首席科学家、加州大学教授负责铺地砖……过了一段时间,一帮西装革履的投资人敲门说找 CEO(首席执行官),当时我正拿着工具修马桶,我说我就是。那时工作和生活中遇到的所有问题都要自己解决,虽然很繁琐,但我们激情高涨,那种感觉就叫'硅谷创业'。"

鉴于迫切需要收入,余国良把向生物制药公司提供技术服务和许可作为 Epitomics 发展的第一步,同年底即获得 20 万美元服务费。随后与几十家公司合作,Epitomics 在业界逐渐有了知名度。

"我内心一直有回国的情结"

Epitomics 创建一年多后，2002 年，余国良在杭州成立了全资子公司——宜康生物技术有限公司，开始拓展中国及亚洲市场。

"我内心一直有回国的情结，当我提出要到杭州建分公司时，投资人和董事会成员都觉得在美国的公司还没强大，怎么能到异国他乡搞分公司？我是从中国这片土地走出去的，他们不太能理解我的内心。我说服他们的理由是：中国的劳动力便宜，可以在短期内培训很多科学家和技术人员，以最快的速度做抗体。"

余国良托人找到了杭州第二中学所在上城区科技局局长，问能否提供一个实验室。"我们原本素不相识，但他居然花费 60 万元真的给我提供了一个实验室，我感激得不得了，回国后就拼命做实验。"

余国良的战略是"bio-better"，Epitomics 开发的每一个试剂产品都参照世界最高的质量标准。2008 年初 Epitomics 开始盈利，2009 年发展到 200 多名科技人员，市值达到上亿美元。2011 年，Epitomics 将分拆后的试剂业务以 1.7 亿美元出售给英国上市公司 Abcam，这一价格是当年公司销售额的 7 倍多。分拆后的 Apexigen 公司则专注于新药研发。

余国良因此实现了财务自由。

"如果我成功了，一定要像我的创业导师那样去带动更多人成功"

"Epitomics 经历了从无到有的成长过程，7 年后，当我看到创业成功的曙光后心里就有了数，后面只是规模大小的问题。受我的创业导师影响，从那时起，我就开始扶持新的创业者。"

余国良谈及的创业导师，正是他在 Epitomics 创建半年后筹措 100 万美元时求助的朋友、后来成为 Epitomics 天使投资人的方瑞贤。方瑞贤比余国良年长十几岁，1984年在美国创办了分子生物公司Clontech，15年后以2亿美元出售给美国BD公司。之后，方瑞贤创立恒信创投（Kenson Ventures）从事天使投资。

"他创业成功赚了很多钱后，朋友们都去庆祝，当时有人说：'Now you can live like a king（现在，你可以像国王一样生活）'，他却说：'I don't want to be a king, but I want to become a king maker（我不想成为国王，但我想成为国王的缔造者）'。这句话在我脑海里根深蒂固，如果我成功了也一定要像他那样去带动别人成功。"

余国良前前后后投了二三十个创业公司，成功的占多数。

"通常是科学家有一项技术，我出于对科技的热爱就会帮他们去完善，他们需要我的帮助我才去投资。如果能充分利用好我的资源，就会为成功铺垫道路，他们做事也会顺畅。年轻的创业者，有的可教，有的就很难教。其实我的帮助可能掩盖了他们是否具有完善能力，这一认知误区也往往会随着项目的深入把我自己装在别人的盒子里。这也导致我现在不敢再接受新的项目，因为名声在外，很多人来找我帮助他们，但精力有限，哪怕看好的项目也不能再深度参与。但可以免费咨询我，我还管饭。"

"我想挑战自己的能力，挽救一艘快要沉的船"

2013年，余国良被"四顾茅庐"后，决定接手一艘"快要沉的船"——中美冠科。

中美冠科生物技术公司成立于2006年，是一家CRO[①]公司，主要提供肿

[①] CRO（contract research organization，合同研究组织）20世纪80年代初起源于美国，它是通过合同形式，为制药企业、医疗机构、中小医药医疗器械研发企业及各种政府基金等机构，在基础医学和临床医学研发过程中提供专业化服务的一种学术性或商业性的科学机构。

瘤、心血管疾病、代谢疾病领域体内体外的药物筛选、药效、代谢等研究服务，2013年之前每年亏损1 000多万美元。中美冠科的董事长非常了解余国良的职业经历，四次恳请他"出山"。

余国良去征求创业导师方瑞贤的意见，被劝阻，理由是"已经创业成功，没必要再经历失败而'晚节不保'"。

"但我还是想挑战自己的能力。后来很多人问我怎么把中美冠科救回来的，其实很重要的一点就是专注做好一件事。按照我的理念，把专注的领域细分再细分，让所有参与者的思维、能力都聚焦到一件事上，尽全力在一定时间内成为某细分领域的老大。"

余国良认为中美冠科的症结在于业务定位不清晰，没有形成合力。另外，"生物技术产业最赚钱的是做药品，而中美冠科60多位留美博士却选择了做CRO，这就是让天才去干了很低端的活儿。"

最终他决定聚焦肿瘤药效研究，原来250人的团队中有超过200人不得不换岗或离开。

三年后，中美冠科又发展成为600多人的大团队，从每年亏损到实现利润1 000多万美元，如愿成为抗肿瘤药效领域的佼佼者。2017年，日本JSR株式会社（日本合成橡胶公司）以4亿美元收购中美冠科100%的股份，是当时中美冠科在台湾股市市值的2倍多。

"但中美冠科作为CRO公司，因为商业模式的原因无法在新药研发上走得更深，所以并购前我做了业务上的拆分，新药研发延续到在美国设立的另一家公司CBT Pharmaceuticals。"

"Apollomics是为了治病救人而存在，不是为了赚钱"

2018年，CBT国内团队在杭州成立，即浙江冠科美博生物科技有限公司。

2019年初，CBT更名为Apollomics。

Apollo是古希腊神话中象征光明、预言、音乐和医药之神，Omics通常是基因组学、蛋白质组学、代谢组学等学术术语的后缀。Apollomics取意"众神聚集"，契合了公司的使命——成为抗肿瘤新药开发的全球领导者。

余国良也因此再一次躬身入局，成为Apollomics创始人、董事长兼CEO。

"Apollomics公司的发展方向，我一直强调'我们是为了治病救人而存在，不是为了赚钱'，所以策略定位很简单，就是开动脑筋，用各种各样聪明的方法，最有效地去攻克癌症。癌症属于异质性疾病，很多因素都会导致癌症的进展和耐药，所以抗癌是一场持久战。想要消除肿瘤，就要借助于不同靶点、活性或机制的药物联用，最大程度地改善治疗效果。"

Apollomics公司官网上写着四类核心产品将引领下一代全瘤种解决方案：肿瘤抑制剂、肿瘤药物增敏剂、多功能蛋白药物、肿瘤联合疗法。所以Apollomics公司研发策略是小分子、大分子一起做，适时开展联合治疗，并采用双向创新驱动策略，即把中国的创新带到世界，把美国的创新带到中国。

目前，Apollomics公司储备了不同开发阶段的10款产品，分属于三大类型：

（1）肿瘤抑制剂（即靶向治疗药物）：4个。导致癌症的多种信号通路的抑制剂包括c-Met、Wnt/beta-Catenin、Pan-erbB及多种激酶的信号。领衔的是APL-101，这个在中国自主研发的高活性、能通过血脑屏障的c-Met抑制剂，目前正在13个国家和地区的100多个临床中心开展Ⅱ期临床试验。

（2）抗肿瘤促进药：2个，即从美国引进、全球独有的E-selectin抑制剂APL-106，以及活性更强的二代产品APL-108。这类药单用时本身不抗癌，但联用时能增强其他抗癌药抗癌效果并减少其副作用。APL-106在美国已进入Ⅲ期临床试验，在中国也即将开展Ⅲ期临床试验。

（3）大分子免疫肿瘤药物：4个。除了PD1和PD-L1之外，Apollomics从牛津大学引进一种靶向及主动免疫的癌症疫苗。另外一个自主创新的由CD40激活性抗体与PDL1抑制性抗体组成的双抗，旨在精准地在肿瘤微环境内激活免疫细胞。

"我们探索产品之间的协同效应，发现并与创新的欧美科研成果合作，把自主研发和商务引进结合起来，用'中国速度'推进临床，期待能在3年后从临床阶段进入商业化阶段。"

在生物技术行业，"中国速度"体现得非常明显。以Apollomics的APL-106项目为例，IND（新药临床试验申请）审批和突破性疗法的认定都发生在2020这一年。国外Ⅲ期临床试验还在进行的同时，国家药监局CDE（药品审评中心）批准了Ⅰ期桥接试验和Ⅲ期临床试验，与国际同步，也是CDE的一次突破。

目前，Apollomics已完成多轮融资，合计融资规模超2.3亿美元，包括A轮获得奥博资本980万美元的融资，安博资本、招银国际、中南创投等投资的1亿美元B轮融资，以及平安集团旗下平安资本的1.24亿美元C轮融资。

"最近几年生物技术行业募到的资金是历史上最多的。除了融资、临床试验等阶段性目标，真正长远的目标应该是有足够的创新去满足未被满足的临床需求。只有找到真正的需求，做得与众不同，才可能走出自己的精彩。"

"健新原力和药源新地可以成为'百年老店'，我们的余生可以在这片热土上继续发光发热"

正如三迭纪创始人所言，余国良对创业的喜欢发自内心，就像刚翻过一座山，他又会一刻不停地去爬另一座山。事实上，在Apollomics这座山的翻越途中，极目远眺，余国良已经在准备翻越另外两座高山了。

健新原力（Innoforce）创建于 2018 年，位于杭州临空经济示范区，是杭州湾生物科技谷核心企业。健新原力已建立全球产品开发和生物医药制造能力，拥有国际 GMP 标准的单克隆抗体、重组蛋白、质粒 DNA、病毒载体、细胞与基因治疗制造工厂和生物工艺开发实验室。公司着力促进创新药物的开发和商业化，并为合作伙伴提供研发和制造能力、风险管理专业知识、产品开发指导和股权投资。

"健新原力有比较创新的商业模式。今年初麦肯锡咨询公司出了一篇文章就讲到它，最近美国也有一家公司采用类似的商业模式并受到投资界的热捧，三年前我们创建时这种模式还不存在。"

在创业过程中，余国良深刻体会到成长型公司缺乏什么。比如大分子的生产就具有重资产、高要求的技术需求，如果能让创新公司没有后顾之忧地应用，就会帮助他们快速成长，或者免去很多不必要的周折。

"有人把它叫'孵化器'或'加速器'，我们的理念是先把它建好，有需求的创新公司就会来跟我们一起创造更大的价值，用政府的话叫'筑巢引凤'"。

健新原力如何成功？如果仅仅作为服务方是不够的，科研背景的创新公司需要资金、申报、临床试验等帮助，如果健新原力能帮助他们，就可以在创新公司里有一定的地位，比如通过服务换取一定的股权。所以健新原力真正的成功，就是在这块土地上抚育出几十个、上百个成功的创新企业。

"当健新原力走上正轨的时候，我有一天突然觉得不对，因为健新原力做的是后期，而很多创新公司还有抗体、药效评价、安全评价、临床前申报等很前期的需求，所以我又创建了一家公司叫药源新地（Innoland）。"

2021 年 3 月，苏州药源新地生物科技有限公司成立，专注于临床前毒理和药理 CRO 服务，致力于引领心血管疾病、糖尿病、慢性肝病等全球性公共健康问题的临床前药效评价，助力新药研发企业走向临床。

药源新地与健新原力一河之隔，那条河叫"先锋河"，河上有一座"创新桥"，正好连接着两个服务于创新者的企业。

"我从哈佛大学医学院做完博士后的第一份工作是在HGS，当年10位同事现在也来杭州跟我一起创业，其中还有两位外国人。这样的热土能够吸引到二十年前在美国的老同事，足以令人兴奋。虽然还不能说它们是我的收官之作，但也许我这辈子会以它们为终点，因为它们可以做成'百年老店'。我们赶上一个好时代，政府也在努力推动整个产业的发展，我们的余生可以继续在这里发光发热。"

"做公益是为了我们的国家、社会，甚至人类的未来更美好"

做公益是余国良身上的另一个重要标签，尽管这个标签不像他在医药行业内的光环那么耀眼。

2021年5月21日，余国良在朋友圈分享了他在贵州兴义市的一组照片，那是"百华协会"携手"担当者行动"教育基金会组织的第18次到边远地区为乡村小学送图书活动。这个名为"班班都有图书角"的活动，目标是让边远地区的孩子们能像城里孩子一样读到课外书。

"这些书都是教育专家选出来的，我们负责捐钱去建图书角。至今已捐款大约1 500万人民币，资助了云南腾冲、四川雅安的所有小学，马上要完成甘肃平凉的小学的覆盖，最近还进驻了贵州兴义。所进驻地区的小学班级里，都会配有70本课外书的图书架。使一名小学生从入学到毕业能读到400多本课外书，我觉得意义非凡。"

谈起公益，余国良滔滔不绝，甚至细致到小学生如何借阅、何时归还、如何培训老师导读等等细节。

实际上，他主导及参与的公益项目几乎覆盖了孩子从出生到读完博士的每一个成长阶段。比如围绕贫困地区 0~3 岁幼儿的营养和智力开发，他给斯坦福大学的教授提供研究基金，目的是通过科学研究结果影响各级政府真正重视并落实改善现状。

"针对初中阶段的孩子，我们在云南等地做了夏令营，已招收了近 2 万个孩子。因为我国高中不是义务制，很多偏远贫困家庭的孩子因为经济原因不得不辍学。我们给这些孩子提供高中学杂费资助，目前已资助上百人，其中一半的孩子上了大学。像我这样的海归博士们每年至少花 10 天时间去做教师，我夫人更积极，每年会有一两个月时间在那边。"

余国良的夫人卫颖飞，毕业于北京大学生物化学系，经 CUSBEA 项目赴美留学前与余国良相识，赴美国后获加州大学戴维斯分校（UC Davis）生物化学博士学位，并在哈佛大学公共卫生学院从事博士后研究。1993 年与余国良同时加盟 HGS，成为 HGS 首批科学家。近年来，卫颖飞女士成为边远地区儿童和青少年教育的积极倡导者和参与者。

"我们每次去夏令营，总能碰上回乡做分享的孩子。他们中有的是乡长，有的是律师、医生，原来都家徒四壁，现在有了钱，带我们去看他们为父母买的新房子。他们的人生由此改变，我想这就是做公益的意义吧。"

20 世纪 80 年代，分子生物学家吴瑞发起的 CUSBEA 项目改变了 400 余名中国学生的命运，也影响了中国生物技术行业。吴瑞先生去世后，2009 年，余国良等当年受益于 CUSBEA 的学生以吴瑞先生的名义设立了"吴瑞奖"，每年挑选国内在读博士生 10 人，支持并帮助他们与当今成功的科学家建立沟通渠道。至今 12 年间，120 位获奖人中已经有半数成为博士生导师，他们自称"吴瑞青年"。

"吴瑞青年"每年都有聚会，会上讨论他们的课题和规划。今年的聚会上，余国良说要做一个天使基金，专门用来支持和推动科技转化。如果成功就进入项目成果分享机制，如果不成功就算作一次尝试。

"我人生中最艰难的一次决定就是从科学研究转到产业界，但我从未后悔这个决定。我年轻时在世界上最顶尖的杂志发表论文，接受过科学研究的挑战。再后来我有过400多项发明专利，其中一些转化成产品后，确实在临床上能治病救人，这是我的满足感和幸福感的来源。我国提倡创新，但实际上大多数还在模仿。真正支持早期科学发现的资源并不多，我想为年轻的科学家们创造更多机会。"

对话

宁静：我注意到您做过的两家公司 Epitomics 和中美冠科都在被并购前做了拆分，CRO 业务被出售而新药研发延续到新公司。我去年采访过百奥赛图创始人沈月雷，当时也谈及类似的问题，CRO 服务和做新药研发之间是否存在矛盾冲突？CRO 公司是否适合发展成为制药公司？

余国良：公司业务从 CRO 到新药研发我经历了两次，确实都在卖掉前做了分拆剥离。Epitomics 早期设立了新药研发部，但需要投入的成本太高，考虑到盈利能力不得不撤销。2008 年盈利之后，新药研发得以重启，但直到分拆出 Apexigen 这家公司后新药研发才走上了正轨。中美冠科也是如此，CRO 业务被出售，新药研发延续到 Apollomics。

我做事有两个考虑因素。首先，我对自己有一个要求：做任何事都要与众不同，如果相同就要做到最好。以中美冠科为例，当时很多东西做得并不是最好的，那就不如不做。

中美冠科作为 CRO 公司，当时有人提出要超越药明康德（无锡药明康德新药开发股份有限公司），我并不认同，这是因为第二个考虑因素：识时务者为俊杰。药明康德的基因是化学，当时的利润比中美冠科的销售额大好多倍，他们可以不断投入扩大市场、优化系统。而中美冠科的研发人员几乎全是生物学家，与药明康德根本不在一个细分领域。中美冠科需要发挥在生物领域的强项，所以我决定做 PDX（人源性组织异种移植）人源化小鼠，每年投入 1000

万美元。如果没有这个胆略、魄力和眼光,很难走出来。

但机会与环境相关性也很大。十年前做 CRO 多一些,做新药研发的很少。反思过去,如果当时我把中美冠科定位于新药研发,也许现在已经成为一个 big pharma(大药企)了。同理,如果 Apollomics 从中美冠科早分拆出来三年,现在应该已经有产品获批了。

我个人认为 CRO 与做新药在一起,即使没有业务冲突也做不成。为什么?因为二者拥有完全不同的基因,CRO 服务产生营收和投入做新药研发是不可调和的两件事。当碰到困难时,人通常会选择获取看得见的利益,做新药这种相对难的事注定被放弃,这就是人性。所以,CRO 与做新药研发只有拆分成两家公司才可能做成功。

宁静:多年前您已经很成功,激励您连续创业的动力是什么?

余国良:我喜欢新的挑战,幸运的是每一次都有惊无险。我也比较擅长整合资源,能吸引一群能干的人一起做事。我参与过很多药物的研发,但还没有亲自领导过一个公司完整地做创新药。

创建 Apollomics 后,从建团队、融资、立项、临床试验,以后再做到商业化,这个过程的吸引力是我现在创业的动力。但真正激励我连续创业的动力还是要回到初心和医药行业的本质——做患者用得到的好药、解除患者痛苦、拯救生命。

一个药物从研发到上市要经历马拉松式的漫长过程。以 GSK(葛兰素史克)旗下用于治疗系统性红斑狼疮(SLE)的贝利木单抗(benlysta)为例,它的作用靶点是 Blys(blymphocyte stimulator),这是我 1996 年在 HGS 工作期间的发现,后续又发现 Blys 可以作为自身免疫病如 RA(类风湿关节炎)、SLE 的潜在治疗靶点。2003 年 HGS 与剑桥抗体技术集团合作筛选获得了候选抗体

lymphoStat-B，2006 年 GSK 协助 HGS 完成贝利木单抗的Ⅲ期临床研究，2011 年 FDA（美国食品药品监督管理总局）正式批准贝利木单抗用于治疗 SLE，2012 年 GSK 收购 HGS，2019 年 NMPA（国家药品监督管理局）批准贝利木单抗在中国上市。

虽然这个药成功上市后我并不能获得丰厚的商业回报，但参与其中并有所贡献的成就感和满足感非常强烈。

宁静：都说创业"九死一生"，而您连续创业并屡获成功，秘诀在哪里？

余国良：我没有秘诀，但有一个理念：任何一项事业都是大家的而不是个人的，所以做任何一个公司，我都希望把股份分给大家。

初创 Epitomics 时我们四位创始人平均分配股份，后来董事会认为我的贡献最大，就多拿到一点。现在 Apollomics 正在准备上市，起初我只有约 10% 的股份，公司希望我的股份再多一点否则会被质疑 CEO 贡献不够。

我个人不愿意多拿股份，是希望有更多人愿意跟我一起做事。我认为要把事业做大很多倍，那就需要跟大家分享利益。你也可以说我比较佛系。很多年前我挣的钱已经一辈子都花不完，获取更多利益又有什么意义？到这个世上走一遭，我的最大愿望是对社会创造价值、贡献最大化。每个人都有自己的路径，我希望用自己的方式回馈社会。

宁静：您投资过二三十个项目，分布在不同的细分领域。以三迭纪为例，3D 打印用于制药是颠覆性的，对您而言也是陌生的领域。您基于什么逻辑判断它值得投资并可能成为未来的独角兽企业？

余国良：在我投资的几十个项目中，很多都具有前瞻性。比如，我在十多年前作为天使投资人所投的第一家公司——美国应用干细胞公司（Applied

Stem Cell，ASC），现在已经是一家成熟公司了。最近该公司基因治疗的一个项目获得了美国 FDA 临床批准。我还投过纳米颗粒等当时很前沿的项目，我从不认为我在科学或技术上是最顶尖的，但我的视野很广，前瞻性也比较强。

三迭纪创始人成森平回国前我们就是朋友，大家经常在一起聊天。我觉得她做事非常到位，能够成为比较成功的创业领袖。

投资三迭纪，我的心态并不是投资后我能赚多少钱，而是倒过来的：如果三迭纪拿到我的投资，我能帮他们做什么？三迭纪的技术来自美国太平洋大学药学院副院长李霄凌，我们也是很好的朋友，所以我了解这个技术。三迭纪今天的商业模式有我的引导，知识产权的布局也有我的参与。成森平执行力非常强，我有想法她就能够变成现实，这是绝配。

宁静： 您刚才谈及投资需要有前瞻性，业内很多人称您是"独角兽捕手"，这是怎么练就的？

余国良： 归根结底还是要回到初心，做对社会有价值的事，在生物医药行业里就是治病救人。无论是帮助医生更好地诊断疾病，还是通过治疗方法减轻患者的痛苦，目的非常明确。

在这样一个大前提下，如果你想做一个公司，首先要想想能做多大？我做的所有事情都是我认为能做得很大的事业，对小打小闹我没兴趣，小打小闹怎么可能培养出独角兽？

其次，大梦想都来自点点滴滴的小成功，我经常跟大家说，小成功比大梦想更重要。有的人喜欢夸夸其谈，今天有个主意，明天又换一个。我特别讨厌整天换主意的人，只有先把一件事做成了，才可能再做下一个。

我投的项目并不是每一个都会成为独角兽，但还是蛮幸运的，目前看来至少 1/3 会成为独角兽，现在准独角兽大概有 10 个，已经逐渐显露出来了。

宁静：去年三迭纪创始人的访谈录发布后，我看到您有一个评价，说她"比较乖"，这个词也许有开玩笑的成分。您作为创业导师，如果与创业者有分歧，您会怎么处理？

余国良：我会让他自己去体会，这就跟养孩子一样，有时候他就是会跌倒。举个例子，我的两个儿子特别爱做吃的，小时候他们总是把厨房弄得一塌糊涂，奶奶经常会说这个这么做、那个那么做，我就说不要管，大道理讲完了需要他们自己去琢磨。

一个成功的创业者，不能事无巨细地去教，如果需要提建议，我通常会说"如果我是你，我会这样去干"。其实每个人都是独特的，我不认为我一定能比他们成功，我要给他们机会让他们比我更成功，这就是我的理念。

三迭纪的成森平沟通能力很强。每次见面，我提出的一些想法和希望都远远超出她的期望，比如融资估值，我每次都把她的估值拔高50%，但她每次都能做到，这就是默契。我的有些学生表面上听懂了，最后在执行上会打折扣。作为老师，如果一个学生执行时从来不打折扣，是不是会很满意？

宁静：作为投资人，您更喜欢具有哪些特质的创业者？

余国良：很重要的一点是能够吸引别人跟他一起干。那些不成功的或者成长非常慢的CEO们，毛病在哪里？不是他们科学或技术不行，也不是他们不够努力，而是他们团队建设能力太差。

团队建设能力说白了就是人格魅力。作为CEO，要有能力吸引到各方面的人才，甚至与比自己还厉害的人一起共事。因为不是所有的技术都优秀，也并不是所有的产品都能成功，但只要有一帮能干的人在一起，没有的东西也能折腾出来。

比如，健新原力吸引了一大批老同事回国加盟，这些人是CEO李玉玲吸引回来的。李博士曾任 AstraZeneca（阿斯利康）旗下美国生物制药公司 MedImmune 的科技和工艺研发主任，以及 HGS（现为 GSK）的资深主任。她曾获得过医疗行业女企业家协会新星奖，曾担任美国华人生物医药科技协会（CBA）2007—2008 的会长，也是美华生物医药联盟（All-CABPA）的发起人和首任会长之一。她不仅仅是一位经验丰富的企业管理者，更是具有人格魅力的人。

宁静：我读过您写的书《大健康通识课》，写作很耗时间，您为什么花时间写这样一本科普书？如果有时间，您最想写什么？

余国良：《大健康通识课》比我想象的受欢迎，我希望通过自己多年来的学术研究和实践经历，为读者提供科学而理性的指引，让大家更好地呵护和管理自己的健康，有强健的心灵和体魄，去应对人生旅程中的风雨和挑战。我觉得自己又能多做一点有意义的事了。

也有很多人建议我写创业自传。我的创业导师也说过，随着年龄越来越大，很多认知可能会变，记忆也会丢失，有些东西就不那么完整了。但我觉得自己怎么样并不那么重要，网上已经有很多关于我的采访和报道，我也就没有必要再自己写了。

关于我的创业故事还出版过三本书。《成功无规律》（红旗出版社），讲的是从杭州第二中学走向世界的 27 位校友成长与成功的故事。《独角兽捕手》（浙江大学出版社），收录了杭州创投界极有号召力和代表性的 15 位创投人，旨在通过这些故事描绘杭州"双创"热潮下投资人的经验和思考。《改写生命密码》，是在台湾出版的一本访谈录，辑录了 12 位具有"拓荒传奇"的生物科技精英。

其实，我还写过武侠小说，我是金庸的忠实粉丝，研究生期间读完了全套金庸小说。2020 年新型冠状病毒疫情期间，我的武侠故事以疫情为背景，人物都是百华协会（The Bay Helix Group）的成员，施晨阳、杨青、王健等人都化作江湖人物，已经写了十几回，在微信朋友圈里发过，很好玩儿。如果有时间，我想至少得写完一本武侠小说吧。（笑）

宁静：您在微信朋友圈的签名是"传播快乐"。我告诉一位投资界的好友要采访您，他说您是一个非常有趣的人。您是天生的"乐天派"还是因为想要"传播快乐"而变得有趣？

余国良：我觉得是修炼出来的。当你给别人阳光的时候，阳光也就照耀到自己了。现在我每天都怀着特别感恩的心情活着，我能走到现在就觉得自己很幸运，我发自内心地想把快乐分享给大家。

好玩儿和有趣也会感染到周围那些正处于糟糕境地的人，让他们用比较积极的方法去面对困境。当年在中美冠科，我上任重组后70%的员工都要转型，中间难免会有不愉快的事，但我一直坚持传播快乐。现在已过去多年，尽管因为转型大家遍布世界各地，但还都相互帮衬，所以我觉得把快乐传给别人，快乐还会返回来。

朋友们跟我在一起很开心，讲得土一点，好吃的好玩儿的不会缺，思想碰撞也不少，也正因如此干成了不少事。

宁静：您有没有感觉特别遗憾的事？还有什么愿望有待实现？

余国良：你是想问我有没有吃过后悔药吧？现在我有点后悔是不是应该继续做CEO。有时我在想，年纪一大把了还做什么CEO？好玩儿的事情太多了！但正好有些事情还没有理顺，还需要我。

如果一定要谈一点遗憾，还真有一件事。我在微信上即兴写过很多诗，估计有上千首，律诗、绝句都有，有些是我很得意的作品，但是我把它们弄丢了，找不回来了。当时如果自律一点，写在本子上或记在电脑里就好了，这事真有点遗憾。

  关于愿望，讲一件有趣的事。我这人特好奇，每次看到庙就要进去烧个香，人家说烧香的时候总得许个愿吧？你猜我许了什么愿？我的愿望是——希望这个世界更美好。

（采访时间：2021 年 7 月）

访谈后记

（2022 年 12 月）

关于国良老师的故事很多，我反复取舍，不得不删掉一些文字，但最终仍然是一篇 1.4 万余字的长文。因为访谈录要在微信公众号上首发，我有点担心微信阅读能否承载这样的长度。

不料，刚发布就看到有读者留言"不长，好看，期待续集"，着实开心。我把读者留言截图发给他，收到回复："朋友们反响强烈，有人建议把题目改为《用最放肆的方式开心地活着》，哈哈……"

最让人意外的是，一位 IT 专家看到这篇访谈录后，帮助他把曾经发布在微信朋友圈里却不小心丢失的诗全都找了回来，他说："看着自己过去写的诗有好多美好的回忆，我居然还有那么多愁善感的时候。"

无论采访中还是访谈之后的每一次交流，他总是能带给人快乐。再后来，我几次请他帮忙联络我想要采访的"连续创业者"，每一次他都欣然应允并且立马付诸行动。我暗自想：这样的人，难怪朋友那么多！

时至今日，距离采访已过去一年半，访谈录中他正在创业的 Apollomics（冠科美博）临床研究顺利，预计 2023 年春天在纳斯达克上市；健新原力已在 2022 年 10 月末投产，开放日高朋满座；喜欢写作的他，利用回国防疫隔离期撰写的第二本健康科普书也将于 2023 年春天出版。

我告诉他《遇见创新者》第二季"连续创业者"访谈录也正在准备出版，问他还有什么想补充，他回复我："连续创业者的故事个个精彩，有血有肉,让我有很多共鸣。创业难,连续创业更难。我自己就是一个不服输、不服老的老顽童,即便到了花甲之年还是蠢蠢欲动想做没做过的事。如果没有快乐,自然不会坚持到底。在顺利的时候能够居安思危,在困难的时候能够发掘幸福感,是创业者需要培养的能力。冬天过后一定是春天,我们这些有了一些本事的'60'后至少还有20年的美好时光,想一想该怎么过才更潇洒?"

采访之前,在他的微信朋友圈里看到一篇文章,一直存着,那些浸透在字里行间的温情让人感动。我问他是否可以作为访谈后记分享给读者,他依旧欣然同意。

俺 娘

余国良

2020年5月11日

58年前的今天,不对,应该是前一天的下午,娘把当时11岁的女儿惠萍叫到床边道:你去容山外婆那儿一趟,就说妈妈要她老人家来一趟,外婆应该知道原因的。

去外婆家有5里路,要翻过一座岭。惠萍一溜烟儿地跑到了外婆家,气喘吁吁地跟外婆道明来意。外婆说:我晓得啦,你赶紧回去吧,和妈妈说我随后就到。惠萍心想:平时来外婆家,外婆总是问长问短,还拿出糕点招待我,今天这是怎么了?!

回到家里，天色渐渐暗了下来。娘告诉惠萍，快要生小弟弟了。惠萍又高兴又担心，一声不吭在旁边等着娘吩咐。在那个闹饥荒的年代，因为营养不良，娘的肚子瘪瘪的，一点也看不出怀孕的样子，家里添一个小孩子是喜还是忧？惠萍的担心不无道理，她记得有一个名叫"国强"的弟弟没有活过一周。

　　家里一阵忙乱。外婆在里屋陪着娘，估计是在安慰她，让她安心。隔壁卫生所的接生婆也请来了。外婆突然喊惠萍：快，快！去打一盆热水来！

　　不一会，惠萍听得"哇"的一声，一个很小的孩子诞生了，他只有2斤重。平日少言寡语的爷爷说：希望国家好起来，这孩子就叫"国良"吧。

　　外婆说：赶紧让人给孩子他爹捎个信，他在北京当兵也一定在记挂。爷爷看了一眼怀表，刚刚过了半夜十二点，点头道：子夜寅虎，好！

　　有后人称赞俺娘一生功德无量，连生孩子都挑好日子。这不，俺的阴历生日是四月初八，恰好是佛祖释迦牟尼诞辰日，这是让俺牢记慈悲为怀、普度众生的使命。俺一辈子钻研生命科学、新药研发好像是命中注定。俺的阳历生日是5月12日，每年和母亲节一起过，每当生日到来的时候就会想起俺娘的那些故事，美好的、悲伤的、开心的、沮丧的、好玩的……俺娘真会生，让俺把娘牢记在心。

　　两斤多重的孩子怎么养活？恐怕今天高超的医疗技术也很难担保。可能是前面的孩子不到一周就夭折的缘故，俺娘铁了心要把俺养活,养大成人。俺从小心里就明白,俺是娘最疼的娃。在饥不果腹的年代,周围的大人小孩都营养不良,记不得俺娘用了什么办法让自己有足够的奶水。俺娘悄悄地在柴房养了三只老母鸡,由于母鸡的饲料有限,三只鸡轮流每天只下一只鸡蛋,俺娘说什么也要把这个宝贝的鸡蛋给俺吃。后来,日子开始好一些,俺爹从北京会带回一些炼乳一类的东西。在俺娘无微不至的抚养下,俺从一个先天不足、后天不够的孩子被俺娘养活了下来。

每个母亲都会经历孩子成长过程的风险,会担惊受怕孩子出事情。俺的童年绝对可以让许多做娘的心惊肉跳。俺体弱多病,常常会被别的孩子欺负,好在有大哥哥大姐姐保护;还没满月时俺被蚊子叮咬引起感染,差点要了小命;俺出麻疹,几天高烧不退;俺两次掉到河里,差点儿淹死;俺被毒虫咬伤,大腿肿得跟腰一样粗……做娘的能不心疼吗?不过俺娘心态好,说俺大难不死,必有后福。

后来就有很多很多故事,没法儿一一道来。俺长大了,娶妻生子。俺娘和俺在美国住了二十多年,这应该是她生活得最好的一段人生。俺娘喜欢大海,有一次我们全家去南美旅游,俺娘不会水,我说娘啊,您背俺从小长大,让俺背上娘在海水中游泳吧。俺娘太开心啦,晚年还经常唠叨这个事情。

俺娘走了,是新冠疫情出现前走的。后人说这个老太太真福气,连走的日子都选得好。这个母亲节,俺们背着俺娘的少许骨灰,爬上了雪山,走过了山川,瞭望着大湖。俺知道俺娘喜欢着呢。俺带着俺娘去她最爱逛的超市COSTCO,俺娘用绍兴话管它叫"口水卡"。

娘啊！您带大的两个孙子从波士顿回来了，来看他们的娘，来给他们的老爹过生日。他们每天早上给他们最亲最爱的奶奶点上一支香，磕上三个头。他们也都出息了，今年毕业，一个毕业于哈佛大学，另一个毕业于麻省理工学院。您开不开心？要不是58年前的今天，哪有那么多故事？！

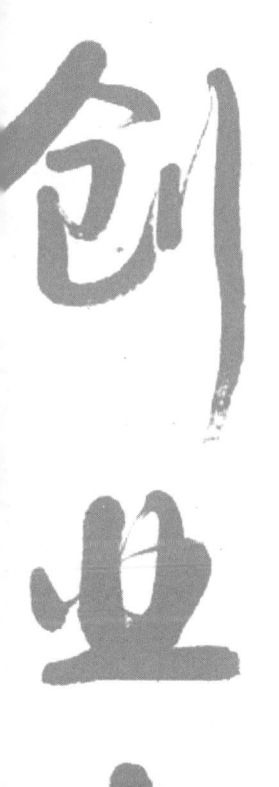

连续

创业者

赵春林

安龙基金创始合伙人，安龙生物创始人。清华大学生物系复建后的首届毕业生，美国匹兹堡医学院分子生物学博士，芝加哥大学工商管理硕士。曾任美国辉瑞制药资深经理，国科嘉和及康桥资本董事总经理，拥有三十多年生命科学及医疗健康领域的创业和投资经验，投资过信达生物、贝瑞合康、天镜生物、歌礼药业、莱凯医药、创响生物及国科恒泰等杰出企业。曾任清华大学生命科学学院、医学院及药学院首届校友会主席，百华协会资深会员。专业之外喜欢足球、滑雪，曾做过DJ，拥有三个漂亮可爱的女儿。

安龙基金是一只专注于国内早期生命科学与医疗健康领域的基金，投资领域横跨生命科学、医药研发、医疗器械、医疗服务等相关领域。安龙生物是国内核酸药物领先企业，专注基因治疗、RNA、基因编辑等核酸药物的新药研发。

赵春林：生命不息，奋斗不止

在清华上学时大家经常讨论一个哲学问题：人是否生来平等？多年后发现，人很难生来平等，因为爹妈遗传的基因不同、能提供的资源也不同。这世上唯一平等的是上天给予每个人的时间，区别在于怎样度过属于自己的几十年。我就是什么都想去尝试一下，生命不息，奋斗不止！

——赵春林

当《遇见创新者》第二季系列访谈录定义为"连续创业者"的时候，我有点犹疑，因为找到符合这一标准的系列受访者注定不易。没想到，第二位受访者的联络出乎意料的顺利。

"我刚看过你对余国良博士的访谈录，很欣赏他的理念，'用最开心的方式放肆地活着'也是我追求的理想状态。"

访谈就从这一句话开始。也许东北人骨子里有天然的热情，两个多小时的视频采访始终充满欢乐，甚至回放录音的时候我仍然忍不住笑出声来。

"我就是一个爱热闹、爱折腾的人。作为清华生物系复建后的第一届本科生，我是清华生命科学院、医学院、药学院的创始校友会主席，经常被邀请给清华的学生们开讲座。他们都特别喜欢我的经历，科研、创业、外企、投资我几乎什么都干过，所以学生们都喜欢跟我聊天儿。"

"因为老师的一句话，我就懵懵懂懂地上了清华生物系"

赵春林出生于黑龙江省佳木斯市桦南县的一个屯子，那里没有中学，11 岁便只身一人到县城中学去读书。从初中到高中，父母对他的学习情况并不了解。

"高考时，老师觉得我的成绩可能考上清华、北大。当时最喜欢我的老师是生物老师，他说水清木华——清华的名字好，还说 21 世纪是生命科学的世纪。在 20 世纪 80 年代，一位中学老师能有这么超前的理念非常难得，我就因为老师的这句话，懵懵懂懂地上了清华生物系。"

1985 年，清华大学招收首届生物系本科生，共 32 人，其中 21 人是保送的，全国只有 11 人通过高考进入，赵春林就是其中之一。

"据说当年吉林省高考状元都没有被录取，原因是吉林省的四个名额都被保送生占用，后来状元只好上了北大生物系。所以我们班同学都特自豪，因为高考状元也不一定能上得了。"

进入清华的赵春林不懂得流行歌曲，也不知道邓丽君是谁，但他体育好。中学时每天早上跑三公里的校规，锻炼了他的意志和吃苦精神。他成为班里的体育委员，再后来成为生物系体育部长、清华理学院体育部长。直到现在，他还坚持踢足球、滑雪，喜欢各种各样的体育运动。

毕业时，赵春林班里 22 人去了美国，他是其中之一。

"当时我并没有什么清晰的职业规划，认为去美国读书可以见见世面，所以就跟着大家一起备考。农村出来的孩子不怕吃苦，也不怕考试，那两个月我把 TOEFL、GRE 等所有能考的都考了一圈，成绩也不错，就申请去美国读 Ph.D。后来在美国 Ph.D 毕业时，我仍然不明确自己要干什么，又把能考的都考了一圈，包括 GMAT（graduate management admission test，经企管理研究生入学考试）、MCAT（medical college admission test，医学院入学考试）、LSAT （law school admission test，法学院入学考试），我就是这么一个能折腾的人。"

当年一起远赴美国读书的同学，到现在为止，真正回国的只有4~5人。

"不是大家不愿意回来，其实30~40岁没有回国的话，以后就很难回来了。很多人可能想等到孩子大学毕业再回来，但生活就像温水煮青蛙，随着年龄的增长，回国后会越来越难以适应环境的变化。我们班有一位哈佛毕业的同学，在美国做得很成功，卖掉公司后赚了钱回了国，但因为种种不适应，后来再次去了美国。"

清华大学生物系复建初期每届只有一个班，后来发展成生物科学与技术系，再后来又相继成立了清华大学医学院、生命科学学院、药学院。

"如果追溯清华这三个学院的源头，就是首届生物系本科第一个班——我们班，所以现在清华医药相关的几千校友都是我们的师弟师妹。我的同班同学施一公曾任或代任这三个学院的院长，我是清华生物医药校友会创始校委会主席，其实我们都占了年长的便宜，只要是清华这三个学院的，我们班同学一定是他们的大师兄，绝对是元老。"

"从分子生物学博士转战MBA，是我人生的一大转折"

1990年末，赵春林远赴美国匹兹堡大学医学院求学，1991年开始攻读分子生物学博士学位，主要进行蛋白质和DNA的基础理论研究。

"分子生物学专业在当时很新颖，刚开始研究基因治疗和克隆。当时如果能够克隆一个基因就很了不起，可以做博士论文了。我当时用病毒在细胞内表达一些基因，属于很初期的基因治疗。1999年，有人用adenovirus（腺病毒）做基因治疗，治死一位患者，基因治疗从此沉寂了好多年。直到2015年，AAV（adeno-associated virus，腺病毒相关病毒）这个很柔和的病毒被发现，基因治疗才得以重启。"

1996年，赵春林拿到了分子生物学博士学位，又继续做了两年博士后。但是，他觉得做实验并不是他的兴趣和长项，甚至是在"咬牙坚持"做科研。

"在清华读本科时很少有机会做实验，也没有做过课题。在美国读书2~3年后，我意识到真正适合做科研的人都能在实验室里耐得住寂寞，而我并不适合，我的导师所过的生活也不是我想要的生活。那时我跟很多人讨论过此事，但大家都认为应该坚持拿到Ph.D，也算对多年求学有个交代。再后来我又继续做博士后研究，但心思已经完全不在科研上，所以现在我特别能理解有些Ph.D学生不想做科研的心情。"

赵春林性格开朗，喜欢并善于与人打交道。到匹兹堡大学的第二年，他成为匹兹堡中国同学会校委会主席，后来又成为匹兹堡大学研究生会副主席，组织来自各国的学生搞活动。

"我这人闲不住，做Ph.D时还做过二房东，卖过碟片，给别人刷过墙，去餐馆打过工。我对音乐也比较有感觉，还做了几年DJ（disc jockey，打碟者），参加各种各样的party，直到1998年离开匹兹堡，那期间几乎所有中国同学的聚会都被我包了。"

人生面临选择时往往取决于两个方面：一个是自己拥有什么，比如学识、资源，另一个是性格和兴趣。

"我的性格不适合在实验室做科研，但适合什么我并不确定。我跟医生、律师聊过，他们的职业都需要跟人打交道，所以感觉不错。我又跟商务人士聊，又觉得自己也很适合做商业。后来我从时间方面做了权衡：读MBA（工商管理硕士）只需要一年半，读医学院还需要4年，如果读法学院我的Ph.D几乎完全没有用，所以最终我决定去读MBA。"

申请MBA需要工作经验，赵春林除了做过两年博士后研究外，没有任何其他工作经历。他就把做DJ、去餐馆打工、刷房子、做二房东的经历都写在了申请上。结果，这些"能折腾"的经历为他赢得了芝加哥大学商学院的奖学金。

他在商学院的申请书中写道："我曾做过一个调查，请十个人分别写出对社会贡献最大的十个人的名字。这100个名字里，很多是政客，也有明星、企业家，但科学家很少。我有个野心，一直想做一个对社会有影响的人，政客、明星我做不了，企业家对我而言最有可能性，所以我决定朝着商业这个方向走。"

1998年，赵春林转战芝加哥大学就读MBA，他突然有了"如鱼得水"的感觉。

"我特别想搞清楚真正成功的商业是怎么回事"

读MBA第一年的暑假，赵春林去亿唐网做了实习生。

亿唐网于1999年创办于上海，商业定位是为"明黄色一代"（18~35岁新一代消费者）提供生活资讯和时尚文化信息服务。当年，亿唐网的广告词"今天你是否亿唐"曾经风靡一时。创业团队由5位来自哈佛大学、芝加哥大学的MBA组成，被称为"梦幻团队"，赵春林也是早期团队成员之一。

"我去亿唐网的原因很简单，因为两位哈佛大学MBA创始人一位来自复旦大学，一位来自清华大学。当时公司刚成立，正在招暑期实习生，我就邀请了一位芝加哥大学的同学一起去。当时海归很受人关注，各家媒体争相采访，央视也报道了，亿唐甚至在中央电视台春节联欢晚会上做了广告，红极一时。我们那时都刚刚30岁出头，感觉浑身都是劲儿。"

亿唐网创立第一年先后获得两家美国投资商DFG和Sevin Rosen（罗森投资公司）领投的资金5 000万美元，一年内发展到近300人，赵春林也从暑期实习生延期了一年。但仅仅一年后，互联网泡沫开始破灭，尚未盈利的亿唐网资金已烧了大半，再次融资几无可能。

"在亿唐网待了一年后，我就觉得互联网不是我的方向，因为太多的互联网技术我不懂。让我更感觉不对劲的是：公司只知道吸引更多注册会员，但没有明确的商业模式，这就好像拿投资人的钱做了一个大 party，看起来很热闹，却没有人知道怎么赚钱。那时我特别想搞清楚真正的 business 是怎么回事，我想去认真学习真正成功的商业公司到底是怎么赚钱的，所以决定回到芝加哥大学继续读 MBA。"

亿唐网最终创业失败。一篇网络文章这样描述了亿唐网的结局："从 1999 年至 2005 年期间，由于定位不清晰，一直没有找到核心业务的亿唐网经历过不计其数的痛苦改版，从最早包罗一切的综合门户到后来的全面收缩阵线，定位一直在变化中。最后，连最了解亿唐的人都不知道亿唐到底是一个什么网站。"

"加入辉瑞，我就是为了学习企业文化和商业理念"

2001 年，赵春林 MBA 毕业后加入了美国辉瑞。在辉瑞三年，赵春林见识到了一家好公司应该是什么样子，20 年后的今天，他创立的安龙生物仍然以辉瑞为目标。

"加入辉瑞前我就计划待 3～5 年，我就想认真地学习跨国企业是怎么赚钱的。入职前半年是培训，我每天都会跟不同部门的人吃饭，找机会跟大家交流。在辉瑞三年，我几乎把所有能看的资料、所有能转的部门全都了解了一遍，非常认真地学习辉瑞的企业文化和商业理念。"

让赵春林不解的是：在亿唐网工作时，他几乎每天晚上都要加班到 11 点，公司却并没有因此而逃脱失败的宿命；在辉瑞，几乎每个人每天都朝九晚五，会议通常不会超过半小时，周末也不加班，公司市值居然能上千亿美元，员工的待遇也相当高。

"我由此得出一个结论：如果想做成一家好公司，首先要找到一个好方向，做出一个好架构，找到一帮能干的人，不用拼命加班工作也可以做出一个让客户喜欢、股东高兴、员工幸福、既能为社会做贡献还特别值钱的公司。这就是我的目标。当时我下定决心，3~5年后我一定要出来自己干。"

"我第一次回国创业做的是自己的弱项：市场和销售"

2004年，赵春林离开工作了三年的辉瑞，准备践行自己的决心——回国自己干。

"回到北京后，中关村把我评为优秀海归人才，给了我10万元人民币。当时国内几乎没人做新药研发，也不可能融到钱。我自己又东拼西凑了20万元。总共30万元能做什么呢？我就想到利用自己在美国的技术资源，做科研和医疗器材代理公司——龙脉得。"

在辉瑞时，赵春林见识到一个制药公司该如何做市场和销售，而那正是他的弱项。"一个真正好的销售，绝不是靠吃饭喝酒套关系，而是找到一个好产品，为适合产品的客户带来真正的益处。"经过调研，他把代理公司的产品锁定为实验动物荧光成像系统。

"以前做实验时，要测量实验小鼠肿瘤的大小就要把小鼠杀掉，用尺子量肿瘤的大小。我代理的实验动物成像仪可以给小鼠肿瘤细胞拍照，在活体中测量大小，像CT一样。这在美国也是很新的技术。到哪儿去找客户呢？我第一个就去找了我的同学施一公，结果他说他不用动物做实验。折腾了很久，后来发现什么样的人可能买呢？第一个是院士，第二个是做肿瘤研究或干细胞研究的人，一般都是有研究背景的临床专家，他们有资金却又不会亲自杀老鼠做实验，最终我慢慢理顺了关系。"

为了找到适用者，赵春林一年内做了五六十场讲座，跑了几十个高校，终于卖出了一台价值 100 多万元的仪器。之后开始变得顺利，第二年卖出 3 台，第三年卖出 5 台……

"我很清醒，虽然我是独家代理，在国内还没有竞争对手，但代理公司本身存在很多问题。首先，如果代理做得好，厂商可能会收回代理权自己做；如果做得不好，又可能被停止授权。其次，任何一家纯粹的代理公司，投资机构都不愿投资，因为有各种不确定性。第三，由于我们只做高端科研器材，客户非常有限。所以，我觉得代理公司很难长久。"

2009 年，也就是创业 5 年后，赵春林将龙脉得卖给了一家台资企业，赚了第一笔钱，并成为合并企业的总经理。2011 年，帮助合并企业平稳过渡后，赵春林又恢复了自由。

"在基金公司的经历，拓宽了我的眼界"

2011 年，中国科学院新建了一家基金公司国科嘉和，创始人都是互联网出身。他们想找一个生命科学背景的合伙人建立生命科学团队，于是辗转找到了赵春林。

"金融一直是我比较向往的方向，就想去试一试。当时我卖了龙脉得赚了点钱，感觉自己也小有成就，如果能到基金公司做甲方，应该是不错的选择。那时做投资的人还不多，专注做生命科学领域投资的就更少，来融资的人排着队，我差不多一小时见一个，那时感觉挺爽的。"

在国科嘉和的经历，对赵春林投资理念的形成有着深远的影响，他开始以投资人的角度来看待和判断项目。但是，问题也很快接踵而来。

"当时我虽然也是合伙人，但说了不算。国科嘉和基金的核心是一帮互联网人，他们对生命科学几乎没有感觉。我当时看过的项目有百济神州、信达、再鼎、华领等公司，但他们都不敢投。最终投资的医药项目是一家 CRO 公司，因为能迅速看到回报；还有一家投入很少的分子诊断公司，后来发展得也不太好。我被国科嘉和领进了投资的大门，但又感觉发挥不出来。"

三年后，赵春林加入了新成立的专注于医疗医药领域的康桥资本。国科嘉和基金当时是 5 亿元人民币的规模，康桥资本的规模提高到了 2 亿美元，每投一个项目，动辄上亿。在康桥资本的经历，极大拓宽了赵春林的眼界。

"我去康桥一个重要原因是它只做医疗。三位合伙人中另外两位都是 80 后，金融出身。我年纪比他们稍大，经验也比他们稍多，虽然我不是最主要的合伙人，但他们几乎都听我的，所以我感觉如鱼得水。"

在康桥资本，赵春林主投了几个项目，如贝瑞和康、信达、飞渡、歌礼等。基金进一步做大之后，就趋向于投资后期项目。

"基金公司倾向于投后期项目很容易理解，因为风险小。另外，几个合伙人都是金融出身，也倾向于后期项目。特别是超过 10 亿的后期基金，往往是追投知名项目，拼的是政府资源，专业知识应用很少。其实，投资独角兽企业就像跟一帮牛人站在一起拍合照，沾的是别人的光。而早期基金需要很强的专业判断力，能把专业背景和经历的应用最大化，这才是我真正想要做的。"

"在中国投创业公司主要就是投创始人，这也是安龙基金的理念"

赵春林骨子里一直没有停止过自己做事的想法，只要有机会，他还是要"自己干"。

2015 年末，中国科学院邀请赵春林独立做一个基金。2016 年初，赵春林在中国科学院的支持下成立了聚焦于生命科学和医疗健康领域的安龙基金。

"安龙基金是我主导的，从成立到现在发展到 8 人。我们有点像早期精品小基金，主投创业公司的第一笔融资。到目前做了两期，第一期 3 亿人民币，第二期4亿人民币，共投了40多家企业。投资领域从最初设定的医药、医疗器械、医疗服务，逐渐精简到新药研发和医疗器械。"

安龙基金投资的第一个项目是天境生物。2016年，专注于创新药研发的天境生物已成立2年但尚未进行过正式融资，赵春林通过施一公结识了创始人臧敬五后，立刻决定投出安龙基金的第一笔资金2 000万人民币，后续又联合康桥资本投入1 000万美元，形成了天境生物的天使轮[①]。此后又促成天镜生物同韩国Genexine和我国天士力医药集团的合作，以及康桥资本对天镜生物的持续支持。

"投资的基础在于我们相信臧敬五博士的专业能力和创业决心。半年时间，他的团队就建立起强大的自有生物药产品管线，还完成了与几家跨国公司的合作。我第一次见到他就感觉他不仅有水平、有想法，还有破釜沉舟的决心和勇气。如果一个人有能力又有决心，这事一定能成。"

2020年初，天境生物在纳斯达克上市。同年8月发布了上市后的首份财报，旗下TJ202（CD38单克隆抗体）、TJ101（长效重组人生长激素）、TJ107（长效白介素7）三个核心产品预计将在4年内获得批准并在中国上市，2024年实现盈利。同年9月，天境生物和艾伯维就CD47单克隆抗体lemzoparlimab（TJC4）的开发和商业化建立了全球战略合作关系，海外授权交易金额高达近20亿美元。

赵春林非常得意安龙基金的第一笔投资，在随后的一系列早期投资项目中，他也逐渐形成了自己的投资理念。

"早期投资主要看创始人，在他讲述求学、工作经历以及为何创业的过程

---

① 天使轮，即天使投资（angel investment），是自由投资者或非正式风险投资机构对原创项目构思或小型初创企业进行的一次性的前期投资，是风险投资的一种特殊形式。

中，能够看出性格、能力及经验。如果他在某个领域很资深，大方向就不会错。风险当然有，能否实现也不确定，所以还需要创始人具有随市场及政策变化而随机应变的能力。"

在医药领域创业，对创始人的知识背景和经验要求很高。如何去找到"对的"创始人呢？赵春林制订了五条不成文的标准。

"第一条是有专业背景，第二条要在外企历练过，第三条要在科研机构工作过并从科研人员做到管理层，第四条要从国外干到国内，第五条要从大公司干到小公司。我的标准并不苛刻，你看天境、再鼎、荣昌、信达的创始人都符合这些条件。如果符合其中四条也行，但如果只符合一两条，那肯定不能投。"

一次，赵春林跟朋友聊天谈到这五条标准，他的朋友说："你自己就符合这五条标准，干嘛不自己干呢？"

"把安龙生物做成中国的辉瑞，就是我最大的理想"

安龙基金一方面为赵春林积累了投资经验和人脉资源，另一方面也让他看到了生物医药势不可挡的前景。

"我当时投天境、信达的时候，他们几亿、几十亿人民币的估值我觉得已经很高了，真没有想到现在天境市值几百亿、信达上千亿，我觉得中国的生物医药真到了当年上大学时所说的'21世纪是生命科学的世纪'。"

赵春林在辉瑞时，制药领域还是化学家的天下，那时发现新药依靠大量筛选化合物。而现在即使做小分子药也要了解作用靶点，现在的生物医药领域可以说是分子生物学家的天下。赵春林断定，不久的将来，生物医药领域将是核酸药物和基因治疗的舞台。

"核酸药物和基因治疗主要分为三部分：基因替代（gene replacement）、基因调控（gene regulation）和基因编辑（gene editing），我相信未来核酸药物会远远超越蛋白质药物。其实道理很简单，我们学生物的人都知道，蛋白质的三维结构容易变性，进入体内后很快就会被消化，不能长久；而核酸的提取简单又稳定，现在的不稳定主要源于病毒载体的不稳定。核酸药物的优势远远超过蛋白质药物，一定是未来制药的方向。"

对于核酸药物的认识坚定了赵春林的决心，他决定再次创业，做一家以核酸药物为核心的企业——安龙生物。

2019年8月，安龙生物创立，并获得由泰格医药领投的6 000万元天使轮融资。2021年6月完成2亿人民币A轮融资，由中信医疗基金领投，弘晖资本、泰煜投资、元徕资本跟投，老股东泰格医药及海松资本继续加码跟投，资金将主要用于产品的临床前及临床开发、生产体系建设和对外合作。

"我的目标就是做中国核酸药物领域的领军企业，专注于核酸药物的突破性进展，包括应用基因治疗、基因调控、基因编辑等技术的新药研发。像信达在蛋白质药物领域的发展模式一样，我们将在核酸药物的各个细分领域布局产品线，充分利用国内外现有资源并作出自己的创新。我要把安龙生物做成中国的辉瑞，这是我最大的理想。"

对话

宁静：安龙基金已经做了 5 年，现在还保持主投创业公司第一笔融资吗？这些年在投资策略方面有何改变？

赵春林：我们在业内以投资早期项目而有名，以前只投第一笔，后来也投一些后期的项目，因为投资中国公司真正赚钱的一般都在后期，但我们仍以投早期项目为主。

安龙基金第一期总共投了 21 家企业，17 家被一些有名的基金（如启明、康桥、奥博、红杉、高瓴等）在后续轮投过，他们投资的很大原因是安龙投了第一轮。我们不会在第二轮就退出，因为他们投资是源于安龙基金在里边。第三轮投资往往国有基金就会进来，他们更看重前一轮投资的那些有名的基金，这时我们会适当退出。

最初我们采用这种"隔轮退"的方式，可以向 LP（有限合伙人）证明我们有良好的收益滚动。比如，我们以 1 亿人民币投资的心脏瓣膜公司悍宇医疗，第二轮即估值 5 亿~6 亿，第三轮 10 亿。我们退出时已经翻了 10 倍，现在估值 70 亿。如果遇到这样的好公司当然越晚退出越好，但你怎么保证一定比别人看得准？这也是一个悖论。通常而言，越到后期公司的情况越清晰，所以后来我们的投资风格也有了些改变。

另一个很明显的改变是投资方向由三大领域聚焦为两大方向。最初安龙基金主要投资医药、医疗器材、医疗服务三个领域，现在精简为新药研发和医疗器材。新药研发方面侧重关注细胞和基因治疗，医疗器材方面主要关注高端耗材的进口替代，如冷冻球囊、取栓支架、可降解止血胶等。

通过复盘过去的成绩，我意识到安龙基金的真正"基因"是高度垂直和专注。过去几年，我们在器械和医药方面的投资成绩不错，我们更擅长硬科技和产品类的项目，医疗服务的投资成绩没有达到预期，所以作出调整。

宁静：前一段时间我看过一篇文章《创业者与投资人，谁是甲方》，是创响生物创始人王健博士在一个生物医药会议上的演讲。他做了20多年投资人，在为创响生物融资时有很多投资人并不看好他。您投了他，所以他在文中表达了感激。我有点不解，以他的经历和背景，为什么很多人并不看好他创业？

赵春林：一个好的投资人不一定是好的创业者。投资人是甲方，真正自己去创业的时候，能不能放下架子、有没有破釜沉舟的勇气，都是需要考量的因素。

王健博士是含着金汤匙出生的，有着哥伦比亚大学神经生物学博士的专业背景，从斯坦福大学 MBA 毕业就做投资至今20多年。他是业内知名的投资人，也是奥博的全球合伙人和奥博亚洲的创始合伙人，12年里将奥博亚洲从零建设到11亿美元。大家会觉得他有很多后路，不会专注而决绝地去创业。

其实我也遇到了同样的问题。我为安龙生物融资时，好多投资人也不投我。他们觉得我又搞安龙基金又创业，也给自己留了后路。大家最愿意投的是那种特别"饥渴"的创业者，如果公司做砸了，创始人就活不下去的那种。

我投创响生物有几个重要原因：创始人拥有专业背景，既懂生物也了解资本市场的运作，创响选择的是免疫治疗赛道，市场空间极为广阔。

但我也有担心，我曾半开玩笑地对王健说："你知道吗？大家不愿意投你或者给你设限，是因为对你没信心。我虽然在协议里没有写各种限制条款，但我心里也打鼓。如果你做好了，咱们都受益；你如果做不好，咱俩在生物医药圈就都混不下去了，知道不？"他回答："你放心！咱们都这个年龄了，又不缺钱，最在乎的就是名声。"

我现在也一样，如果安龙生物做砸了，还做什么基金？其实我们都是同一类人，有理想、又赶上了一个好时代。只要社会安定、身体健康，我们就一定能做好。

宁静： 安龙基金和安龙生物，如果只能选一个，您会选哪个？您如何平衡二者之间的关系？

赵春林： 做投资看起来高大上，其实是给资本打工，要想干大事还得自己干。所以如果二选一，我肯定选安龙生物。我做安龙基金，也是一个创业者的心态，我内心真正想做的还是创业者。

其实二者之间并不矛盾，可以互补。目前安龙基金主要是投后管理，8个人的团队管理得很好，近期也没有再募资的计划。我现在的主要精力扑在安龙生物上。

安龙生物是安龙基金内部孵化的企业，也是对"早期投资机构+孵化"模式的探索。早在安龙第一期基金设立"科辉创新"孵化器时，我们就深刻体会到机会需要自己创造，先后孵化了科辉先导、科辉智药、安龙基因、安龙脉德等项目。在此基础上，安龙基金决定内部孵化安龙生物，深度孵化一个成功的项目能为 LP 收获高倍回报。

更为重要的是，安龙基金和安龙生物可以从多个层面协同前进，促进资本与产业的深入互动，抓住更多机会，实现双赢。

孵化安龙生物，对于安龙基金是一种边界的拓展。通过企业的成长，可以发现行业内更多机会，产业链上下游的真实需求也是安龙基金关注的重点。安龙基金以投资人的视角审视安龙生物，可以让企业做得更快、更强。

其实，基金内部孵化企业在国外早有成功案例，如基金公司 Third Rock 和 Arch Venture 等。利用资本的力量和科学的眼光瞄准可与全球竞争的创新药物，孵化创新公司，结合自主研发，可以加速创新药物的开发。

在安龙基金募集第一期基金时，我曾借用"股神"巴菲特的话对基金投资人说过：我以前在生意上的经验对投资有所帮助，反过来投资经验可以让我成为更好的生意人。二者的经验是互通的，有一些真理只有通过实践才能彻底领悟。

宁静：我猜到了您的选择，安龙生物聚焦于核酸药物，是否有对标公司？

赵春林：国外公司跟中国的不太一样。在美国，核酸药物各个细分领域都有领军企业，比如基因替代领域最著名的公司是 BioMarin（拜玛林制药），市值已近 200 亿美元，主要产品是治疗血友病，也是该领域市场最大的产品。在基因调控领域，一家很有名的公司叫 Alnylam（阿尔尼拉姆制药），市值也大约 200 亿美元。基因编辑领域的公司比较多，比如张锋的 Editas 公司，也是上百亿美元的市值。

国内也有核酸药物细分领域的企业，但国内有一个现象：技术领域刚起来的时候都是科学家和临床医生做的公司，但是行业领军企业一定是企业家做的，比如百济神州和信达等。这也比较好理解，通常企业家执行力强，方向看准后能融到大量资金，快速推进，不会拘泥于某项技术，而是以平台为基础做出一系列产品。我相信核酸药物领域的领军企业，也一定是有专业背景的企业家做的公司。

宁静：安龙生物创立时间很短，为了成为核酸药物领军企业，您有哪些行动或计划？

赵春林：辉瑞之所以成功，有三点做得比较好：首先，对产品的市场评估和定位特别准；第二，执行力很强，在临床、市场和销售方面都能迅速推进；第三，在资本市场的估值能力和吸引力。

我在安龙生物的核心就是做这三件事：定方向、找人、找钱。

广义的核酸药物，包括基因治疗、小干扰 RNA 和基因编辑等，将是一个赶超蛋白质和抗体的新药研发领域。美国核酸药物技术已经相对成熟，中国核酸药物领域还处于起步阶段。安龙生物从创立到今天，通过高速自我迭代已进入全新的阶段。我相信中国的蛋白质及抗体药物领域能够诞生千亿级别的公司，基因治疗及核酸药物的市场规模会更大。安龙生物的目标就是成为中国基因治疗及核酸药物的领军企业。

在人才方面，我们特别重视海归与本土经验的结合，团队成员具有高端科研、跨国公司、创业及投资经验。研发团队由原首都医科大学基础医学院副院长丁卫教授、天坛医院院长王拥军教授、清华大学医学院娄志勇教授领衔；临床方面的领头人是曾创立过一家成功 CRO 公司的江龙，他创办的 CRO 公司后来卖给了泰格医药；刚刚入职的 BD（商务拓展）负责人张稣博士曾任美国辉瑞资深 BD 总监，在美国有多年的公司战略及商业拓展经验。

资金方面，目前已融资两轮，计划今年末或明年初再融资 1 亿美元。我预计 2025 年左右安龙生物可以上市。

宁静：具体到核酸药物产品线，安龙生物是如何布局的？

赵春林：布局产品，首先要考虑市场规模和商业价值。只有明确了市场规模并且在技术上能够实现，我们才会去做这样的产品。

以湿性黄斑病变为例，在国外已经有100亿美元的市场，中国市场大约60亿~70亿人民币。针对湿性黄斑病变的药品，以前都是蛋白质药物，需要每个月在眼睛里注射一针。核酸药物的优势和机理，用最简单直白的话讲就是通过AAV（腺相关病毒载体）携带能表达这个药物蛋白的基因进入眼睛，它会一直表达这个药物蛋白，这样就不必每个月打一针。目前国外有两家公司在做，已经到了Ⅱ期临床，我们的第一个产品对这个技术做了一些改进，绕过了专利并拥有了自己的特色。

安龙生物的产品研发管线涵盖了眼科、血液科等领域。先期的三个眼科产品，分别针对湿性黄斑病变、干性黄斑病变、感光细胞损伤的基因治疗，血液病是针对血友病的一些创新基因治疗。同时，我们也开展了以iRNA（RNA干扰技术）为主的基因调控产品的开发，在心血管病、罕见病、传染病领域开发了一系列产品。未来，我们还将探索基因编辑，在mRNA和基因编辑领域形成自己的产品线。

我们的研发策略是以自主研发为主，同时联合清华大学、首都医科大学等高校成立了安龙生物基因治疗研发中心，并在北京顺义中关村医学转化中心配备5 000平方米研发和GMP生产基地。另外，我们出资在首都医科大学建立了一个实验室，产出的科研成果、论文属于大学，产业化成果属于安龙，以此形成一种长期的战略合作关系。我们还整合了国内的罕见病资源，与罕见病发展中心建立了合作。

在license-in（授权引进）方面，我们利用张稣博士在国外丰富的合作经验，准备引进罕见病领域的基因治疗及其他核酸药物的产品或技术。

宁静：您第一次创业的公司叫龙脉得，现在叫安龙，您是特别喜欢"龙"字吗？

赵春林： 当年我在美国注册公司，首先要取一个英文名字，我发现"Long"这个词外国人一看就能读出来，而且也能够意识到这是个中国人做的公司；"Med"是"Medical"的缩写，寓意医疗健康，所以就取了龙脉得（LongMed）这个中美都适合叫的名字。

后来参加国际会议的时候，我发现我们的名字总被放在中间，大家都花同样的钱，凭什么我们总被放中间？后来就索性在前面加了AN，变成了安龙，也是一个中美都能叫得出来的名字。

当时取名很随意，后来感觉是一个不错的名字，也是需要经营的品牌，所以就做了安龙系：安龙基金、安龙基因、安龙生物，每年还有公司的活动叫"安龙之夜"，大家慢慢记住了这个品牌。

回头反思，如果要做一个创新企业，企业文化和品牌非常重要，需要尽早规划。未来，我希望大家一看到安龙就觉得这是一个值得信赖的医药品牌。

宁静： 我看过一篇有关您的财经报道，其中有一句话印象深刻："一个超级时代需要有几个前提，第一有广阔的荒原，第二有烧不完的钱，第三有燃不尽热情的人。"您认为中国的生命科学是否正处于超级时代？

赵春林： 现在中国正处于一个好时代，广阔的荒原意味着广大的市场，生命科学领域有技术、有市场，就像一个巨大的光源，吸引着各路资本拼命往里投钱。我相信中国一定能诞生中国的辉瑞。

在生物医药行业里，40岁之前是很难成功的。我曾说过投资创始人的5个条件，其实要想符合这些条件，折腾一圈儿就快50岁了。现在属于中流砥柱的一批人，很多都曾在20世纪90年代初赴美求学，他们懂科研、懂管理、有理想、有激情，现在赶上天时地利人和，成功就变得相对容易。

当年我做代理公司时，隔壁是一个新药研发公司，创始人融了100万美元,当时已经是很大一笔钱了。后来我们越做越好,当我把公司卖掉的时候,他的公司也关门了,因为那时候做新药研发根本没人投钱,没有资源也就没有出路。所谓时势造英雄,多年后的今天,他的公司成功上市,现在市值300亿元。他也是一位历经坎坷、越挫越勇的连续创业者。

宁静:对于想进入生命科学领域的投资人或创业者,您有什么建议愿意分享?

赵春林:对于想做新药研发的创业者而言,先到真正做新药研发的公司积累经验是必经之路,最好能从研发基层做到管理层。

以我们投过的莱凯生物创始人为例,他从南开大学毕业,去美国读了博士,毕业后在药厂工作20多年,从科学家做到管理层。10年前被美国公司派到国内组建研发团队,6~7年后才出来创业。他是新药研发领域理想的创业者。安龙基金投了第一轮,后续得到奥博资本、金普医疗的投资,目前公司估值有几亿美元。

如果早期创业者是一名科学家,我建议找一个合作伙伴联合创业。这样的案例,比如施一公是众所周知的科学家,他的搭档崔霁松博士在制药行业的研发和管理经验有20多年;百济神州创始人王晓东是科学家,搭档欧雷强在新药研发公司管理经验非常丰富。所以,科学家加高管是一种比较受认可的创业模式。

如果想创业但还不知道做什么,就先在自己最熟悉的领域寻找突破点。

一个优秀的投资人至少应该有两个特质:丰富的行业经验和资历,对行业发展的敏感度和洞察力。所以,对于想入行的投资人,我建议先去行业里历练,真正好的投资人都是从业内转做投资的。

宁静：您的职业经历如此丰富，如果能够重新来过，您觉得哪一段路可以走得更好？

赵春林：每一段人生路都不白走，都对后面的事业有帮助。如果哪一段经历可以改进，我觉得Ph.D那五年有点长，因为我并不想做科研。另外，如果能够重新来过，我完全可以成为中国生物医药领域最早的那批创业者，当时有点懒惰，总觉得后面还有机会。

另一方面，有得必有失。前面基础打得好，后面就可以做得更快。核酸药物市场还不像抗体药物竞争那么激烈，现在做核酸公司的大多是科学家，我算是第一个进来的"狼"。安龙生物聚焦于核酸药物全系列，将来肯定会面临全面竞争。现在我们加紧步伐把产品尽快推到临床，国外上市产品的临床结果会从某种角度降低我们的风险。我预计安龙生物3~4年后可以上市，再用5~10年做到核酸领域的领军企业，20年后成为中国的辉瑞，这是我一辈子的理想。

有时候我觉得挺有意思，以前的事业是跟着感觉走，现在发现所有走过的路、做过的事都对现在有帮助，也都成为不可或缺的资源。

在清华上学时大家经常讨论一个哲学问题：人是否生来平等？多年后发现，人很难生来平等，因为爹妈遗传的基因不同、能提供的资源也不同。这世上唯一平等的是上天给予每个人的时间，区别在于怎样度过属于自己的几十年。我就是什么都想去尝试一下，生命不息，奋斗不止！

（采访时间：2021年8月）

访谈后记

（2022 年 12 月）

　　这篇访谈录原本拟定的题目就是《生命不息，奋斗不止》，这也是赵春林先生一直奉行的座右铭。初稿完成时，正值综艺节目《披荆斩棘的哥哥》开播，感觉片头的一大段开场白正是为他们而写——

　　昔日少年，如期归来

　　没有灯塔，就自燃成星夜

　　无人掷臂，就孤绝地升起狼烟

　　去见荆棘，灸烈于野火燎过的荒原

　　披荆为冠，斩棘为袍

　　从今以后，不摧不移，披荆斩棘

　　《遇见创新者》的系列受访者，不正是医药圈里那些披荆斩棘的哥哥吗！我随即决定把这篇访谈录的题目改为《不摧不移，披荆斩棘》（"医药魔方"微信公众号首次发布时）。我知道他很想用座右铭作为访谈录的标题，所以微信问他"等新书出版时我们再改回原题如何？"

　　2022 年末，准备出版新书之时，我问他这一年有何变化和感想，随即收到他发来的一大段文字：

　　"2022 年注定是生活在中国的所有人魔幻的一年，作为一名创业者，也一定是艰难的一年。从年初的疫情清零到年中的封城，再到年末新冠疫情的肆虐，对每一个初创企业和创业者都是巨大的考验。但是，真正的创业者不是含着金钥匙出生的幸运儿，只有经历过浴火重生才能百炼成钢。"

"三年疫情的经历，也让我更深刻地体会到我们中华民族任劳任怨的优秀传统，这也让我对中国的未来更加充满信心。在疫情封控的关键时刻，安龙的员工就住在生产车间内整整两个星期；在年末新冠横行之时，安龙员工无惧感染，带病坚持工作。在疫情管控最严格的期间，我们完成了基因治疗第一个产品的GMP生产和IND资料及临床试验的准备；同时还开发了眼科脉络膜上腔注射的专用医疗器械，把产品的适应证从湿性黄斑病变扩充到糖尿病黄斑水肿。"

"中华民族历史上经历了很多磨难，抗疫三年终于要结束，新的生活开始了。我还是热爱这片广阔的土地，热爱这群身边的朋友，热爱这个可爱的国家。我们还要充满激情地奋斗和生活，生命不息，奋斗不止！"

2021年，赵春林回母校参加清华大学110周年校庆

王印祥

加科思药业集团创始人，现任集团董事长兼首席执行官。王印祥拥有30多年的肿瘤研究经历，他于1999年获得美国中央阿肯色大学医学院生物化学及分子生物学博士学位，担任耶鲁大学Koleshe实验室博士后研究员，专注于分子生物及生物化学领域的研究。

2003年与人共同创立贝达药业股份有限公司，曾任贝达药业总裁兼首席科学家。任职期间带领团队开发中国首个拥有自主知识产权的小分子抗癌药盐酸埃克替尼，并因此与其他共同发明者于2014年获得世界知识产权组织及国家知识产权局中国专利金奖。2017年至2019年曾任中国医药创新促进会新药研究专业委员会主任委员，现任中国药学会抗肿瘤药物专业委员会副主任委员。

王印祥：成功，不过是以己之长坚持奔赴

每个人都有不同的思维方式，我在基础研究方面不擅长，但在转化医学、应用性研究中找到了价值和快乐。所以，做自己擅长的，咬牙坚持下来就会有意想不到的收获。

——王印祥

在中国创新药领域，有一个产品不得不提——我国第一个拥有自主知识产权的靶向抗癌新药埃克替尼（商品名：凯美纳），2011 年获得国家食品药品监督管理局批准上市，结束了我国小分子靶向抗癌药完全依赖进口的历史。时任卫生部部长陈竺曾称赞这一成果"堪比民生领域的'两弹一星'"。

后来曾有人评论，如果用现有药品评审中创新药的标准去衡量，埃克替尼不一定能获批，因为它只是中国第一个"me-too"药。

"近期国家药监局药品评审中心的《以临床价值为导向的抗肿瘤药物临床研发指导原则征求意见稿》引发行业热议，很多人认为这意味着'me-too 药时代的落幕'。我不认为文件是行业发展的转折事件，对于政策方向，我们并不感到意外。事实上，坚持以临床价值为导向，是长期以来的政策方向，也是新药研发最根本的意义。我们也一直沿着这一方向发展。过度的同质化竞争是对资源的浪费，背离商业价值，最终导致行业的伤害，不能使患者受益。"

这是加科思董事长王印祥在 2021 年中期业绩报告中致股东函的一段话。十年前,主持完成埃克替尼研发的正是他。

2020 年 5 月,加科思以近 10 亿美元的金额完成了在研项目 SHP2 抑制剂的海外授权,在保留所有中国权益外,未来还将从药物全球销售额中获得超过 10% 的分成。这是全球制药巨头艾伯维对其研发成果的背书。

第二次创业,加科思的探索

2014 年,BMS(百时美施贵宝)的 Opdivo(O 药)在日本获批上市,以 PD-1(L1)为代表的肿瘤免疫疗法引爆全球。不久,*Cancer Research* 刊登了一篇论文,研究者发现 SHP2 蛋白磷酸酶在免疫细胞 PD-1 下游起关键作用,参与了 T 细胞抑制性信号的传导。

SHP2 是含有 SH2 结构域的磷酸酶(SH2 domain-containing phosphatase,SHP)家族中的一个亚型,是非受体型酪氨酸磷酸酶,可以催化磷酸化的底物(如受体、激酶和磷脂等)去磷酸化,从而调控下游信号。研究发现 PD-1 发挥作用时需要依赖 SHP2 蛋白的参与,因此 SHP2 抑制剂在体内可以和 PD-1 抑制剂发挥协同作用,从而增强 PD-1 的抗肿瘤效果。

这一信息让王印祥异常兴奋。

"每个细胞里都有激酶(相当于'油门')和磷酸酶(相当于'刹车')组合,激酶是催化在底物蛋白上加一个磷酸,蛋白磷酸酶是催化在底物蛋白上去一个磷酸。科学家自 20 世纪 50 年代就开始研究蛋白激酶,到 2001 年第一款蛋白激酶抑制剂格列卫被 FDA 批准,目前已有几十种蛋白激酶抑制剂药物上市。但是更早研究的蛋白磷酸酶一直被认为不可成药,始终没有获批的药物,或将成为一个新领域。"

王印祥在美国从事了 10 年蛋白质磷酸化相关的研究工作,能跟当时正在兴起的肿瘤免疫疗法联系起来，当然值得庆幸。成功研发埃克替尼的经历，也带给王印祥挑战新高度的勇气与底气。

2015年，王印祥第二次创业，北京加科思新药研发有限公司注册成立，入驻北京经济技术开发区生物医药园。

在参与创立贝达之前，王印祥从没有在任何一家企业工作的经历。创立贝达后，他经历了从产品的研发、临床试验到上市的每一个环节，这些在摸索中积累的经验为他后续的科技创新奠定了基础。

"资本市场对二次创业者表现出更信任的态度。比如立项，因为投资人对我的信任度比较高，所以在选题方面从不干涉，我们拥有了比较大的自由度，当然责任也就更大。在早期创业过程中，长期交往积累的人脉、与投资人的相互信任都非常重要。"

王印祥为加科思核心项目的立项制定了三条标准：必须具有科学基础、有未被满足的临床需求、进入临床时有做到全球前三的潜力及国际市场机会。

SHP2抑制剂满足了以上选项标准，公司成立的同时即立项并开始药物筛选模型和分子库的构建工作。

2017年末，加科思向FDA提交了小分子口服SHP2抑制剂（代号：JAB-3068）临床试验申请，2018年初获得批准。这项IND的申报进度比诺华晚了大约半年，是全球第二个进入临床试验的SHP2磷酸酶抑制剂。

2021年6月，加科思宣布在研项目SHP2抑制剂以近10亿美元对外授权给艾伯维。与此同时，加科思的另一项KRAS G12C抑制剂也已经开始临床试验。在小分子与抗体药之外，加科思也在探索细胞疗法等下一代的创新疗法，2021年上半年战略投资了拥有独特3D悬浮iPSC培养技术的细胞疗法公司。

利用最新的科研成果进行新药研发，以患者受益为导向，是生物制药行业最基本的规律。为了关注最新的科研成果，加科思内部定期组织Journal Club

(期刊俱乐部)学术研讨会及前沿项目立项会,由内部科学家轮流介绍近期学术期刊中值得关注的动态,从中寻找项目机会。

目前,加科思已经形成以自有的变构抑制剂技术平台为基础开展原创新药研究的模式,布局了十几个原创新药项目。临床项目包括已验证的肿瘤信号通路中最具有分子生物学基础的靶点,聚焦于 SHP2/RAS、I/O、RB、肿瘤代谢、c-MYC 等五大信号通路中的新靶点。

"我们有清晰的战略目标:自主研发全球首创新药,核心项目做到全球前三,获得全球市场份额,在中国成为"研 – 产 – 销"一体的生物制药公司。作为一家仍然处于临床阶段的生物科技公司,我们通过加速推进在研项目来实现战略目标。"

从沧州卫校出发,能走多远

王印祥出生在河北农村,他的中小学教育是在 20 世纪 60 至 70 年代完成的,那时是九年制(小学 5 年、初高中各 2 年)。他 15 岁高中毕业时,因为年龄小,父母又都是农民,报考志愿是班主任帮着选的。

"基本原则是哪个学校容易录取就选哪个。因为我是农村户口,当时只要能考上中专就可以转成城市户口,毕业后还分配工作、享受干部待遇。对于农村孩子而言,只要能继续上学就是一个很好的出路,根本谈不上兴趣。"

1980 年,王印祥考入河北沧州卫生学校,毕业后被分配到邯郸防疫站(现邯郸疾控中心)工作了 2 年。1985 年,他又考入河北省职工医学院(现河北大学医学部),毕业后又回到邯郸防疫站工作了一年。

"我在防疫站的工作比较繁杂,有时骑着自行车下乡检查疫苗接种记录,挨门挨户查看孩子们的预防接种证,劝说补种疫苗;有时到工厂检测有毒有害气体;有时到餐馆检查卫生许可证、从业人员健康证,因为那时公共卫生在中国刚刚铺开，以前餐馆都是随便开、从业者也没有健康证，我们就抽查走访检查。"

1989年，王印祥再次通过学习改变了命运。他考入中国预防医学科学院（现中国疾病预防控制中心）攻读毒理学硕士研究生学位，这一次，毒理学专业是他慎重考虑后的唯一选择。

"我之前学习和工作都在公共卫生领域，这个领域包括很多分支，如流行病学、卫生统计学、职业卫生、毒理学等。那时我开始对实验性的科学感兴趣，但在公共卫生领域中，只有毒理学的工作涉及实验室工作。"

令人意想不到的是，王印祥入学后，毒理学专业没有课题经费，只能进行跨研究所或跨学科学习。无奈之下，王印祥找到了中国医学科学院肿瘤研究所的免疫教研室，因为那里的导师当年没有招够研究生。他的研究课题也因此转到基础研究领域的肿瘤免疫。

20世纪90年代初，分子生物学在中国刚刚开始，大部分基础研究领域的研究生都希望攻读分子生物学这一前沿专业，希望能做分子生物学的相关课题。当时做基因测序都是手工测序，只有在国内很顶尖的大学和研究所，才有机会做基因测序及PCR（聚合酶链反应）等最基础的分子生物学实验。对于一般院校的硕士研究生而言，几乎没有机会。

"如果能申请到美国读书，就有机会学习分子生物学专业，所以读研时我的大部分同学都有出国的想法。为了备考TOEFL和GRE，我到新东方去学英语。印象中新东方当时在中关村某小学的几间小平房里，报TOEFL班要先交20盘空磁带，以便录TOEFL听力音频。我记得GRE词汇班是俞敏洪亲自给我们上课，一个班有好几百人。"

相对而言，当时通过访问学者身份出国的人多一些，通过考TOEFL、GRE出国读Ph.D的相对少。对王印祥来说，读研期间能否拿到美国大学的奖学金是一个未知数。

1992 年，王印祥研究生毕业，被分配到北京医科大学（北京大学医学部的前身）免疫教研室。

"我在北医工作时一个月的工资是 90 元人民币，而去美国读 Ph.D 的学费每年需要 2 万多美元，再加上生活费，一年至少 3 万美元。如果没有申请到奖学金，是完全不可能去读书的。"

在北医工作一年后，王印祥拿到了美国中央阿肯色大学医学院 Ph.D 的 Offer 和全额奖学金，远赴美国读博。

这一走，就是十年。

美国，十年

1993 年，王印祥在美国中央阿肯色大学医学院开始肿瘤领域的分子生物学研究。读博 6 年间，因为导师的研究领域，他的研究课题一直与蛋白质磷酸化相关。

1999 年，王印祥博士毕业后去耶鲁大学做博士后，他的研究方向没有变，课题与蛋白激酶抑制剂格列卫有关，当时格列卫还没有上市。对于未来，王印祥对自己将来做大学教授的职业发展道路从未有过怀疑。但在耶鲁做博士后研究快要结束时，他突然发现了一个很大的问题。

"我读中专三年、大专三年、工作四年、硕士三年、博士六年，再加上做博士后四年，博士后出站时我已 38 岁了。在耶鲁大学时，我身边的很多教授、副教授、助理教授都比我年龄小，而且大部分毕业于麻省理工、哈佛之类的大学。十年下来，虽然在肿瘤分子生物学，特别是蛋白质磷酸化领域做了深入的研究，但感觉纯基础研究不是自己的兴趣，而在转化医学及应用性研究方面有很多想法。"

离开耶鲁时，他得到美国 FDA 下属的一个研究所 NCTR（美国国家毒理研究中心）的工作 Offer，但研究领域主要是跟食品和药品等公众健康领域相关的研究工作。

"工作很轻松，没什么挑战，最后还是放弃了。"

首次创业，从贝达开始

2001 年，人类历史上第一个靶向抗癌药——诺华制药公司研制的格列卫获批上市，在全球引发轰动。格列卫上市时是全球唯一的激酶抑制剂，作用靶点是 ABL 激酶，它针对的是慢性粒细胞白血病，获得科学界的一致认可。

王印祥在耶鲁大学跟着导师做的研究项目正是格列卫的靶点 ABL 激酶的研究。格列卫的成功对王印祥触动很大，一直在研究蛋白激酶的他也很想开发靶向抗癌药。

"当时两个激酶抑制剂在临床上影响较大，格列卫已经批了，另一个作用于 EGFR 靶点的激酶抑制剂还在临床 II 期，其他项目都处于更早期。后来我和化学背景的张晓东博士讨论，决定做 EGFR 靶点激酶抑制剂。"

当年的美国市场刚经历过 IT 和生物技术公司的泡沫破灭，小型创业公司融资很难。王印祥找到曾经同在中央阿肯色大学医学院的同学丁列明博士，决定一起创业。2003 年初，王印祥辞职回国，在北京租了一间 30 平方米的实验室，开始了创业公司贝达进行化合物筛选的艰难探索。

"那个时候我们缺设备、缺经费，困难重重。做高压加氢反应时，由于有爆炸的潜在危险，整个北京都找不到做实验的地方和设备。合成试验的前两步需要大型反应釜，我们到石家庄租用；后两步，转移到廊坊一个有加氢反应的工厂；合成完了，再拿到北京通州去做硝化反应……虽然条件不好，但我们的工作却一丝不苟。"

2005年10月,贝达按照GLP(药物临床前研究规范)完成了第一个创新药埃克替尼临床前的全部研发工作。8个月后,临床申请获批。

当年,国家药监局药品审评中心大部分受理的都是仿制药申请,可能没想到中国还有这样的小公司在做创新药,所以临床申请的批准速度反而有些出乎意料。

"I期临床试验我们选定了北京协和医院的胡蓓、江冀和张力教授,但临床请求一提出来就被医院的审批机构拒绝了,当时北京协和医院伦理委员会单东渊主任说协和对不太靠谱的药企的临床课题不感兴趣。后来我争取到机会和单老师当面聊了一个半小时,他们决定开伦理委员会审核。事后单主任说:贝达的这个老总不像商人,更像学者,所以可以接受他的临床课题申请。"

2009年初,埃克替尼Ⅲ期临床试验即将启动,并选择了当时公认疗效最好的靶向肺癌药物——阿斯利康的易瑞沙作为对照药。高达6 000万元的临床费用,又遇到2008年底国际金融危机,项目几乎陷入停滞。幸运的是,杭州市余杭区政府、礼来亚洲基金及大股东分头筹措的资金,帮助贝达渡过了难关。

2011年,参与项目的中国科学院孙燕院士代表课题组在荷兰世界肺癌大会上作报告,《柳叶刀》肿瘤专刊全文发表埃克替尼Ⅲ期临床研究结果,并称其"代表了中国抗肿瘤药研究领域的一个里程碑"。同年,埃克替尼获批上市。

到2015年底,埃克替尼已使7万多晚期肺癌患者得到治疗,用药患者数超过了进口药,结束了我国小分子靶向抗癌药完全依赖进口的历史。

去做更想做的事

"埃克替尼上市后我花了两三年时间全力配合作新药上市的市场推广,贝达逐步走入稳步成长的道路。对于科技企业而言,大幅投入研发,在一定程度上也意味着比较大的风险和不确定性。我渴望能重新走入实验室，在实验室里读读新发表的文章，看看生物学方面的新进展，跟大家讨论课题。我想专注于探索最新的科研成果，并从中寻找新药开发的机会。"

贝达药业 2014 年开始申报上市，有近 800 家公司排队 IPO，贝达在很长一段时间仅凭埃克替尼的利润在支撑创新药的研发投入。在此局面下，通过反复商讨和权衡，成立一家新公司，在风险投资的支持下研发风险更高的项目，成了唯一选择。

"埃克替尼是中国第一个拥有自主知识产权的 me-too 类创新药，贝达开始做的时候国内只有一两家。2010 年前后，大量公司开始做 me-too 类创新药。埃克替尼进入销售阶段后，国内同质化的竞争变得日益严重。同时，中国大规模的风投也在 2010 年后兴起，此时做更前沿、风险更大的创新项目成为可能。所以我想成立一家新公司，用资本去做创新项目。"

2015 年，王印祥第二次创业，加科思成立。

对话

宁静：都说创业维艰，对您个人而言，您更喜欢科学家还是创业者的身份？您连续两次创业并成功，创业经历给您带来的最大快乐或满足感是什么？

王印祥：对我而言，科学家和创业者这两个角色很难分开。特别在创业早期，我花在科学技术上的时间大大超过其他方面。绝大多数 Biotech（生物技术）公司的早期创始人都是技术专家，我觉得花时间最多的应该都在科学方面，毕竟公司事务比如人事、财务、行政等方面都可以有专人做。

我算是运气比较好，两次创业有一个让我特别知足的地方——我始终没有离开自己的研究领域，多年所学与所做的工作是契合的。

每个人都有不同的思维方式，也都有自己擅长的一面，坦率地说我在基础研究方面不是特别擅长，相当于在工业界做了一些转化医学的研究。转化医学要利用基础研究已有的成果，让它在药物研发中发挥作用，逻辑是不同的。我发现自己在工作中很快乐，做转化医学方面的研究、做应用性研究可能更适合我。

宁静：2020 年被称为中国生物医药公司 license-out（授权转让）的元年，加科思与艾伯维的合作备受瞩目。海外授权会作为加科思长期坚持的战略吗？是否也是中国生物医药公司发展的必然选择？

王印祥：我们现在立项都会考量是否可能海外授权并保留中国权益，这是加科思在这个阶段的主要策略。

海外授权这一模式是生物医药企业发展中的必然趋势，它与社会整体发展息息相关。中国进入21世纪后，每一个十年都大不相同，各行各业都一样，制药行业也不例外。

第一，在中国加入WTO后的第一个10年里，投资收益最高的是吃穿住行相关的板块，因为这在当时是空白市场，需要解决从无到有的问题。制药行业也一样，这一阶段的代表企业是那些有能力把国外已上市、国内还没有的药做出来的企业，因为同时代的很多国内企业连仿制药都做不好。

2010年开始进入21世纪的第二个10年，最好的投资在互联网，因为互联网的本质是改变生活方式，比如共享单车、电商等让生活变得更便捷。

制药行业的趋势也类似，跟踪式的创新大量出现，资金跟进，人才回流，生态环境变好，生物医药公司大量涌现。易瑞沙于2003年在美国上市，埃克替尼2011年在中国上市，时间比美国晚8年，这是中国第一个创新药跟同类原创药的距离。到PD-1的时候，时间差只有两三年。

2020年开始迈入21世纪的第三个10年，投资逻辑又变了，最好的投资要的是突破性进展，要的是独特的硬科技。这就需要生物医药行业至少在某些细分领域可以跟最先进的技术并行，甚至个别领域超前一点。因此，海外授权这一模式才成为可能。

第二，现在中国的整体研发费用、人力成本等已经跟美国很接近了。我们在2000年初创业的时候国内各种费用都很低，而现在整体新药研发成本与美国差不多。特别是国内一线城市人力成本上升，在北京招聘高端科研人员的人力成本几乎超过波士顿，而波士顿是美国消费最高的几个城市之一，更不用说休斯敦、达拉斯等城市了。

再看现在中国的Biotech公司，早期融资规模也与美国公司持平，很多A

轮融资从几千万美元起步。目前中国占全球创新药市场的份额还不足10%，假如我们的视野里没有全球市场，投入如此高昂的研发成本却只能有10%的市场份额，还怎么运行？

第三，在中国，医保主要靠政府。在全球任何一个国家或地区，凡是政府主导的医保都是以最普惠的方式运营，因为政府医保的目标是保基础、广覆盖，政府医保很难支付高药价。随着中国人均GDP的增高，商业保险份额会越来越大，但最近几年对创新药的支付还是比较保守的。

所以，社会发展趋势、研发成本、医保政策这三个主要因素，使全球化成为生物医药创新企业的重要策略，海外授权是现阶段的必然选择。

宁静： 是否可以这样理解，海外授权是中国企业在现阶段全球化战略中相对容易落地执行的策略，未来的全球化方式可以有更多选择？

王印祥： 是的。中国生物医药企业中，现阶段只有少数几家国际化布局快的公司刚刚开始建立全球销售体系，并且主要覆盖"一带一路"国家，暂时还没有覆盖欧美市场。对于像我们这样刚起家的Biotech公司，目前还不具备在海外建立市场体系的能力。

药品跟一般商品不同，每个国家都有严格的政府监管和市场准入体系。回顾跨国药企进入中国，20世纪90年代初期最早进入中国的杨森也是选择与本土企业合资，而非直接在中国开拓市场。对任何一家公司而言，在海外市场直接销售药物都不容易，比如Amgen（美国安进）从Biotech到成长为Bio-Pharma已经跻身全球TOP20，他们曾尝试过多次在中国直接销售药品，但目前还是把产品授权给本土公司进行销售。

除此之外，品牌的作用也非常关键。而品牌的形成需要长时间的积累，如果一个公司不知名，除非产品全球独家、没有任何竞争者，否则在中国以外的市场和全球知名公司竞争存在劣势。

在全球化方面，日本制药公司通过并购扩大规模的发展方式可以给我们一些启示。我个人理解，海外并购将来可能是中国制药企业走向全球的另一个策略。

宁静：您在一篇采访报道中曾说"海外授权的同时要坚持自己做商业化，保留国内权益，只有这样市场规模才能做大"。如何理解保留国内权益才能做大市场规模？

王印祥：首先，对于 Biotech 公司来讲，如果不把自己的生产和销售体系建起来，永远只是一个研发公司。而新药研发不可能永远依赖外部融资，只有建立起生产和销售体系，才能够保证有稳定的现金流投入研发。

第二，作为一个中国企业，只有把市场和销售体系全都完善起来，未来才有可能去并购海外企业，否则如何去管理？

第三，中国相关政策改革速度很多时候都超出我们的预期，比如药监局审批制度的改革，让人感觉几乎是一夜之间的事。再比如，创业板 2009 年突然就产生了；科创板没有任何预感，2019 年一下子出现在上交所（上海证券交易所）；刚定神儿，2021 年 9 月北交所（北京证券交易所）就成立了。

中国现在的创新药市场占全球的份额不足 10%，但潜在需求很大，需要做好准备。可能忽然之间商业保险系统就建起来了，中国市场份额就会变大，而企业的市场体系不是一两天就能建起来的，如果真到了那一天，只能错失机会。

所以保留国内市场权益，就在于它的增长性和未来的潜力，毕竟我们有 14 亿人口，美国、欧洲的人口数加起来也才是我们的一半。

最后还有一点，新药上市以后扩大适应证是非常重要的考量，特别是抗肿瘤药。海外授权的合作方可能跟我们的考量不一样，为什么？比如抗肿瘤药，在中国我们会优先考虑肺癌、肝癌、食管癌等中国人多发的癌症，而合作方站在全球市场的角度可能会优先考虑结直肠癌、前列腺癌或乳腺癌等等，国内外市场考量的优先顺序不同。在临床试验阶段，我们现在也会跟合作方讨论适应证的优先问题，因为全球数据是可以分享和互相引用的。

宁静：现在很多跨国药企都来中国寻找创新项目，据 ChinaBio（中国生物）统计，2020 年中国药企与海外药企的跨境交易达到 271 起，相较 2015 年增长 300%。您认为快速增长的数字背后的推动力是什么？

王印祥：我分析推动药企跨境交易的因素有几个。

首先，是中国新药研发人才水平的提高。前些年海外回归的研发人才多一些，这几年本土成长起来的科研人员也非常棒，研发人员的整体水平增强了。人力成本的增长其实是双刃剑，一方面提高了研发成本，另一方面增强了中国公司的竞争力。只有在人力成本相近的条件下才能把全球的优秀人才吸引过来，这也会促进越来越多的中国项目做到全球水平。

第二，资本的助推非常重要。这不难理解，因为要国际化、标准化，资本投入就一定要增加，数据的完整性和规范性才能有所保障。

第三，中国的政府监管体系越来越完善，临床试验的审核监管与欧美都非常接近。

第四，整体生态环境有了很大的提高。比如，当年第一次创业的时候，动物实验、毒理、药物代谢等都需要找科研院所合作。我第一次听说国内有抗肿瘤模型的 CRO 公司是 2007 年，我去参观，一看就知道规范性明显提高。虽然中国 CRO 起步晚，但一出现就是全球水平，因为它们的业务主要以海外项目为主。CRO 的高水准对中国药企是极大的利好。加科思之所以能完成接近 10

亿美元的海外授权交易，其中一个重要因素是数据及实验设计的规范性。

人才、资本、政府监管体系的加强改善了整体生态环境，我们赶上了好时代，因为任何企业都不可能超越时代而发展。

宁静：中国的创新药生态体系正在形成，相对而言，波士顿的创新药生态体系已经非常成熟。与之相比，您认为国内还有哪些有待改进之处？

王印祥：新药审评审批政策已经比以前进步太多了，现在向 CDE 递交新药临床试验申请有"60 个工作日"审核时长的保证，已经相当不易，我们都很知足。

如果说政策改进之处，我认为国内新药审批环节与美国相比，还有提速的空间。假如我们同时向美国食品药品监督管理总局和中国药品监督管理局提交 IND，到第一位进入临床试验的患者用上药，国内外的时间差有 5~8 个月，中间涉及遗传办（中国人类遗传资源管理办公室）、医院的立项及合同审批等，但我相信会逐步改善。

宁静：回顾过去，如果可以重新来过，您会作出哪些调整？

王印祥：时代不同，每个人的经历也会大为不同。我们年轻的时候没有更多的选择权，我自己切身的感受是兴趣可以培养。

我对生命科学的兴趣不是天生就有的，早期学习的时候甚至感觉很枯燥，但那个年代没有选择的权利，只有生存的压力。后来在长期的学习中慢慢发展成了兴趣，现在每天去读最新的论文、讨论项目的进展、解决实际问题就是我的兴趣所在。

我在美国读书时产生过换专业的念头，甚至尝试过。做博士后那几年，我对未来职业看不到希望。那时计算机在美国非常流行，很多专业数据管理需要有生物学背景，所以很多学生物专业的人转到计算机领域。我也尝试学过数据库管理、参加过各种培训，但发现完全不感兴趣，最后就放弃了。

  回头看，坚持做一件事很重要。即使会碰到困难，咬牙坚持下来就会有意想不到的收获。

（采访时间：2021 年 9 月）

访谈后记

（2023 年 1 月）

对王印祥先生的采访是 2021 年 9 月在线完成的，这也是唯一一次有第三人（他的助理）在场的访谈。按照惯例，采访之前我做了大量的案头研究，希望能在最短的时间内获取他从事肿瘤研究近 30 年的经历和心得。

加科思药业的战略始终非常清晰——坚持做原创新药，在已验证的肿瘤信号通路中寻找难成药靶点，在申报临床试验阶段做到全球前三，以此获得将海外权益授权给 MNC（跨国公司）的机会，实现"借船出海"。

这一年多以来，尽管外部环境起起伏伏，加科思依然取得了阶段性的进展，比如自主研发的 KRAS G12C 抑制剂在国内进入注册性临床试验，并且获得 CDE 突破性疗法认定，预计将于 2024 年提交新药上市申请，届时将为带有 KRAS G12C 突变的肺癌患者带来新的治疗选择；$KRAS^{multi}$（广谱 KRAS）、KRAS G12D 等其他 KRAS 通路上的项目也在按计划向前推进。此外，2022 年加科思布局了 iADC 项目，这也是继小分子、大分子之后首次进入全新的治疗领域。

问及未来，王印祥先生预计 1~2 年内随着在研项目逐渐进入临床，加科思将会有 8~10 个项目有望做到全球前三。

"研发新药是一项突破人类认知边界的工作，踏上的是一段在未知中寻找希望的旅程。患者不能等待，我们希望以谦卑的心态在这场人类对抗癌症的研发接力赛中坚持下来，为更多患者带来希望，并在这一过程中实现更大的自我价值。特别感谢您用访谈的形式记录创新企业与企业家，这些信息汇集在一起，就是一部中国生物制药业最生动鲜活的编年史。"

好书荐读·王印祥

作为一个"搞科学"的人，我除了对现今前沿的科学研究成果比较关注外，也对人文历史类书籍有很强烈的兴趣。近段时间我更加意识到，大到人类发展，小到日常生活，使我们陷入瓶颈的一些问题往往通过"跨界融合"的方式能获取更加新颖的视角，并找到行之有效的解决思路。下面我推荐的几本书都与"融合"这个关键词相关。

《生命科学：无尽的前沿》讲述了生物学与工程学的融合为人类未来发展带来的可能；而钱穆先生的《中国史学名著》及林语堂、傅佩荣两位先生对《道德经》的解读，则站在了中西方文化的交汇处，以融合中西方思想的宽广视野，为我们应对现今的困境打开思路。

《生命科学：无尽的前沿》 作者：苏珊·霍克菲尔德

本书的作者是美国艺术与科学院院士，麻省理工建校以来第一位女校长。她在书中提出，生物学与工程技术的结合将是下一个创造奇迹的领域。在单一技术领域发现进入瓶颈期之时，"跨界"能促使大家用全新的视角审视当前人类发展面对的问题，并试图给出答案。在基础科学发现之初，科学家很难准确预知它的应用有多么广泛，能为人们带来多大的价值，而"融合"则带来了更多潜能。事实上，近年诺贝尔奖的评选标准也逐渐增加了对跨界融合的"实用性"的考量。

加科思的 iADC 平台也是一次融合尝试，是用工程学的思想来解决免疫治疗窗口窄的问题。我们也在不断尝试拓宽视野，站在患者需求和生物领域最新发现的交叉点，不断寻求跨学科、跨疾病领域的新机会，补充到我们的管线之中。对于我们日常的工作而言，多学科和跨领域的合作才能有真正的突破。

《中国史学名著》　作者：钱穆

这本书是一本中国历史入门读物，由钱穆先生的讲课记录整理而成，虽然语言比较口语化、很易读，但见解十分深刻。本书扼要介绍了《尚书》《春秋》《史记》等多部大家耳熟能详，但不一定有机会读的中国史学名著，结构清晰地串联起了中国史学的发展脉络。

之所以推荐这本历史读物，是因为有历史视角的人，在处理现实问题时的思路和心态就会不同。例如许多人认为行业当下处于一个比较困难的时期，但如果将时间的尺度拉远，用百年的视角看待药物的研发历史，我们会感到非常幸运，因为有机会利用半个世纪以来的学术成果研发新药。也许在五年、十年后回顾今日，会发现我们在正确的历史节点上作出了正确的选择。

《道德经》注释版　版本 1：《老子的智慧》　作者：林语堂
**　　　　　　　　版本 2：《傅佩荣译解老子》　作者：傅佩荣**

《道德经》是中国历史上最伟大的名著之一，是除了《圣经》以外被译成外国文字发行量最多的文化名著。在四百多个不同的注释版中，我喜欢林语堂和傅佩荣两位的解读。这两位具有国际化的学术背景以及十分宽广的视野，能站在中西方文化的交界处，解读中国传统文化的现代意义，对我们日常的工作和生活都有很大的启发。

例如，面对新药研发激烈的竞争格局，书中的"夫唯不争，故天下莫能与之争"告诉我们，在态度上从容豁达、不计较得失，在行动上埋头苦干、做出实际业绩来，就能立于不败之地。作为管理者，"善用人者为之下"，要始终保持谦虚，虚心与人才沟通，才能充分发挥人才的能力，为组织带来更大的助益。

郭春龙

水木未来（北京）科技有限公司联合创始人、董事长兼CEO，2048资本创始人，百合网/嘿友网联合创始人。清华大学工程物理学士、加州大学伯克利分校电子工程与计算机科学博士辍学、清华大学生命科学学院在读博士。

水木未来（北京）科技有限公司是一家结构和计算驱动的新型药物研发公司，拥有亚太地区第一个商业化冷冻电镜服务平台，基于冷冻电镜、计算化学、机器学习和高性能计算核心技术，在小分子、抗体药、蛋白降解、基因治疗等领域推动数字化创新，助力全球创新药企大幅提升药物研发效率和成功率。

郭春龙：超越边界

失败是成长的伙伴，一路上伴随我们超越边界、超越输赢、超越自我。

——郭春龙

"您有座右铭吗？"

"没有，我不给自己设边界。从理论上讲，生命并不是一直在衰老，比如18岁并不比10岁衰老，反倒更强壮。只是到了某个时间点，身体中的某个信号告诉我们该老了，我们能不能把那个信号改了？我是想说要跳出之前的边界，做一些之前无法设想、有挑战的事。当然，换一个说法就是要始终葆有好奇心、不断学习新事物。"

"您的意思是人生不设限？"

"这话听起来有一点鸡汤的感觉，哈哈……虽然我不给自己设边界，但我也有偶像——马斯克。地球上能有马斯克这样的创业者是这个时代的幸运，他在做我们普通人无法企及但又心存向往的事。人群里总得有人想着怎么跳出地球，如果一千年甚至一万年后，人类还只能在地球上以同样的方式生存，那实在太无聊了。未来有一天，如果我有能力，我也想做类似的事，这应该也是很多技术型企业家和创业者都想做的事吧。"

这是访谈即将结束时的一段对话。

采访中他的思维非常跳跃，他讲述的经历充满起伏。他曾两次就读博士并两次辍学，他历经 N 次创业后又踏上第 N+1 次创业之路。

我不知道该如何定义他，"连续创业者"显然只是他的一个标签。采访中，他那些听起来有些"疯狂"的想法我并不感觉意外，那些想法背后若隐若现的热情却让我有些感动。

这样的人，无论年龄有多大，都是少年。

"大半夜在学校附近贴海报招生，给自己赚取了去美国读书的路费，这是我第一次真正意义上的创业"

1991 年，郭春龙从辽宁省实验中学考入清华大学工程物理系。那时候有一句话非常流行——学好数理化，走遍天下都不怕。成为科学家是那个年代很多中学生的梦想，成为像爱因斯坦那样的物理学家也是郭春龙从高中时代就有的梦想。

"读完小学和中学用时 12 年，再加上清华 5 年制本科，我花了 17 年的时间完成了学习，可是在大学里，我对物理的热情却慢慢被耗掉了。20 世纪 90 年代初正值出国潮，我不清楚未来要做什么，就像其他同学一样准备出国。想到出国读书又需要好几年，我就为自己设了一个 gap 年（间隔年）"。

1996 年从清华大学毕业后，郭春龙回到家乡沈阳办了一个 TOEFL 和 GRE 的培训学校。那是他第一次真正意义上的创业。

"我自己刚刚考完 TOEFL 和 GRE，如果找一份正式工作，其实一年时间也干不了什么。我就用新东方俞敏洪的教材，和小伙伴骑着自行车，大半夜地在各大学校附近贴海报招学生。我们自己讲课，一年时间教了 400 多个学生，也给自己赚取了去美国读书的路费。"

"纳斯达克崩盘，硅谷哀鸿遍野，出了 TS 的投资商也没了消息，这是我第一次互联网创业"

1997 年，郭春龙远赴美国加州大学伯克利分校就读核工程专业，一年后转入 EECS（电子工程与计算机科学）系攻读无线通信和半导体专业博士学位。不久，他被同组师兄拉进草创之初的中星微电子——后来第一个在美国上市的中国芯片设计公司。当时中星微电子有三位创始人，一位毕业于斯坦福大学，两位毕业于加州大学伯克利分校。

"我刚到美国时两眼一抹黑，就是想看看世界，也不知道未来该干什么。我骨子里可能有'不务正业'的传统，那种不安分容易被同样不安分的人发现，于是被拉上船，成了中星微电子三位创始人之外的第一位兼职员工。穿上西装、打着借来的领带，就开始和台积电、联电谈代工业务。那段经历很难忘，是我进入硅谷创业和创投圈的第一步。"

在中星微电子的时间虽然不长，却为郭春龙的人生打开了通往全新世界的一扇门。

世纪之交的硅谷，互联网大潮翻涌。互联网对年轻人非同寻常的吸引力和"压倒性"的号召力，推动着郭春龙扭转方向。2000 年初，他组织同在伯克利的几个学生，开始探索基于地理位置的本地服务。

"20 年前 GPS 商业服务还远不成熟。我们就基于手机号给用户推送某个区域范围内的咖啡馆、餐厅、理发店等信息，这在当时相当前卫。不久，纳斯达克崩盘，硅谷哀鸿遍野，出了 TS（term sheet，投资意向书）的投资商也没了消息，我们只能歇了。这是我第一次互联网创业。"

那年夏天，郭春龙成为伯克利第一届 Mayfield Fellow（会员），进入 Mayfield 基金投资的一家以色列人创办的无线通信科技公司 Wireless-online Inc.，负责智能无线机站系列产品在欧洲和亚洲的市场战略。2001 年，郭春龙作为 Haas 商学院 Hitachi Fellow，兼职为日立公司（Hitachi）生产的世界上最小的 RFID 芯片进入美国市场提供技术与战略咨询。

"从嘿友到百合就像一次长征，先要生存然后才可能发展"

2002 年，第二波互联网重新抬头。

"当时有一个'火遍半边天'的社交网站叫 Friendster。火到什么程度？当时的 Google 都去抄它，做了个 Orkut，用户量一度过亿。但不久后，就被风头正盛的 Facebook 和 My Space 干掉了。互联网行业在大发展时期的新陈代谢速度，实在太快了！"

彼时的郭春龙也开始尝试做社交网站，起名"嘿友"（Heiyou），定位于通过朋友认识朋友，相当于中国版的 Friendster。早年的互联网世界遵循不折不扣的丛林法则——"剩"者为王，中国第一批社交网模仿者很快伤亡过半。嘿友网不愿放弃，不断尝试，2005 年转型成为中国第一家实名制互联网婚恋服务平台"百合网"，才终于活了下来。

"从嘿友到百合就像一次长征，这个'长征'是被逼出来的，先要生存然后才可能发展。"

百合网作为婚恋品牌已众所周知，但因其需求的特殊性，始终没有发展成为几个创业伙伴最初梦想的一线互联网平台。2018 年，复星集团入股成为百合网的主人。

"我养好伤回国后就创办了友播音乐网，致力于华语音乐的个性化推荐"

到美国之后，郭春龙喜欢上了滑雪。2003 年冬，他在 Lake Tahoe Heavenly 雪场单板滑雪时受重伤，第 3 腰椎粉碎性骨折，做了两次大手术。第二次手术后需要持续休养疗伤，郭春龙不得不继续待在硅谷。

躺在床上没事干的郭春龙听了很多歌。当时美国有一个网站叫"潘多拉音乐盒"，它的口号是"基于用户的音乐 DNA 自动推送歌曲"。在一定程度上，这是今天抖音背后推荐引擎的前身，即基于喜好自动推送用户最可能喜欢的内容。

技术背景的郭春龙对此非常敏感，2006 年，养好伤回国后就创办了友播音乐网（YOBO），致力于华语音乐的个性化推荐。

"现在回头看，这是一个错误的决定。通过引擎和算法向用户个性化地推送喜欢的内容，市场巨大，但在当时的中国选择音乐市场作为切入点是一个错误。音乐成就了百度的搜索流量，它在网络上的内容红利已经被巨头榨光，其他任何一家小公司很难再生存。付费收费模式两难，用户量最终上不去是一个很尴尬的局面。"

郭春龙还讲到一个今天听起来"不可思议"的事实：当年中国音乐产业 80% 的收入被中国移动支撑着，因为"彩铃"。几乎所有的音乐人，不论词作者还是曲作者或发行方，金主都是中国移动，那时中国移动的用户量一枝独秀，而且有收费模式。

2011 年，友播音乐网与中国移动音乐基地成都分公司签订了合作协议，最终业务卖给音乐基地，郭春龙带着团队进成都一年后离开。又回到北京的郭春龙，感觉这一结局"实在没什么值得骄傲的"。

"想尝试的事情还多着呢，脑子里还有一些梦想没有实现"

"出国前不知道自己能干啥，那时候跟我有同感的人不是少数。到伯克利后，身边聚集了一拨'不安分'的小伙伴，几个人聊得嗨就攒起一个'中国学生创业论坛'，那种感觉和 100 多年前立志救国的同盟会差不多。"

即便已离开学校多年，即便几度受挫，创业对郭春龙的吸引力始终有增无减。2012年，回到北京的郭春龙选择继续创业，"因为想尝试的事情还多着呢，脑子里还有一些梦想没有实现。"

郭春龙小时候很喜欢画画，这是他年少时除了物理之外的另一个爱好。他想尝试把互联网跟艺术联系到一起，于是就在北京798艺术区租了一个工作室。仅仅半年后，他发现这是一个不切实际的想法。

"因为互联网跟艺术完全是两个极端。互联网追求规模化、开放、互通；艺术恰恰相反，是顶级的奢侈品，非常个性化。没有规则也就不会有马太效应，我发现自己认知的偏差和局限性。现在看来明显有问题，但当时就自以为是。人的成长不就如此吗？"

郭春龙还做过很多不同的尝试，有些已经很少再被提及。

嘿友网曾经承载着郭春龙做社交网的梦想，尽管后来演变成百合网得以生存和发展，但他想做社交网的初心一直"没死"。微信刚刚出现时，郭春龙又蠢蠢欲动。

2013年微信已如日中天，"但还不至于不可撼动"。此时郭春龙有机会与360创始人周鸿祎接触，当时360手机助手和手机卫士两款APP的用户加在一起超过2亿，周鸿祎想做一款社交APP，郭春龙也有此心结。后来，郭春龙以360顾问的身份带了一个团队，目标就是把微信和短信功能结合在一起，兼顾电信及网络通信。遗憾的是，两位做惯了主导的人都太过坚持己见、互不妥协，最后以郭春龙退出而告终。

"那个叫'短信通'的产品永远淹没在历史长河中了。我们都投入了很多精力，项目胎死腹中，很可惜。两年后，和老周在美国打猎又聚到一起。回想起来，如果当年能多些包容和灵活，让项目得以上线，也可以了却一桩心愿，也许，今天就不会是微信一家独大。创业路上有很多坑，最大的障碍，还是自己的内心。"

"'好友钱'一旦做大就很难再收口,这也是我在互联网领域的最后一次尝试"

做社交网一直是郭春龙的心结,他一直在探寻可应用的领域。

"传统借贷的一方是个人,另一方是金融机构。为什么不能让有钱的朋友资助那些没钱的朋友?朋友之间的信任可不可以量化成自由流通的东西?我想把借贷与社交网结合起来,2015 年,社交金融 APP'好友钱'就诞生了。"

好友钱试图打破传统征信系统的评判标准,向不被银行和主流金融机构所覆盖的年轻群体提供一个好玩、方便的社交金融平台,让资金在需要的人群中高效流转。

"这个想法从理论上讲挺好,当时从各方反应来看也有很大机会,但不久后我们就发现了可能的问题。如果成百万上千万的用户被卷进来,每个人之间都有借贷关系,其实很可怕。这件事一旦做大很难再收口,这也是我在互联网领域的最后一次尝试。"

P2P(peer-to-peer)又称点对点网络借款,是一种将小额资金聚集起来借贷给有资金需求人群的一种民间小额借贷模式,属于互联网金融(ITFIN)产品的一种。

2019 年 9 月 4 日,互联网金融风险专项整治工作领导小组、网贷风险专项整治工作领导小组联合发布《关于加强 P2P 网贷领域征信体系建设的通知》,支持在营 P2P 网贷机构接入征信系统。2020 年 11 月中旬,全国实际运营的 P2P 网贷机构完全归零。

"生命科学开始被数字化,这个就有意思了"

2016 年,郭春龙再赴硅谷,进入一个名为 Singularity 的大学。这个大学有两位创办人，一位来自 Google，另一位号称是手机的发明人。创办人的背景无从考证，但他们的想法非常超前。

郭春龙所在的班里汇聚了一大批同样爱跨界的人，有加拿大前副总理、荷兰空军指挥官、教授、投资人、创业者、艺术家、牧师等。他们汇聚在硅谷，探讨空间科技、纳米科技、新能源、生命科学等关乎未来世界的话题。郭春龙最为关注的是开始了数字化进程的生命科学。

"很多学物理的人都对生命科学有极大的兴趣，我也不知道为什么。20 世纪的薛定谔，一位获得诺奖的物理学家，晚年时写了一本书叫 What Is Life，之后影响了很多物理学家转向研究生命科学。如果生命科学研究还是依靠传统实验室的瓶瓶罐罐，我的兴趣就不是很大。但 2000 年发生的基因测序是生命科学与计算科学的结合，生命科学开始被数字化，这个就有意思了。"

Singularity 中文意即"奇点"，源于创办人当时预言人类的"奇点"即将发生。这个"奇点"有两层含义：一是从某一刻起人工智能将会超越人类智力总和，二是人类将会在某一刻以某种形式获得永生。

"永生的形式有很多种，其中之一是完全数字化的永生，也就是把大脑里的记忆和意识传到芯片上。我对 Singularity 创办人的长生不老愿望本身兴趣不大，但从生命学意义上，人类实现某种形式的永生在我看来是完全可能的。他当时预言的时间是未来 30 年左右，到底是 2046 年还是 2048 年，谁知道呢？我就选了一个数字 2048。做 IT 的人对于 2 的 N 次方都很有感觉，2016 年距离 2048 年差 32 年，32 是 2 的 5 次方，2048 就是 2 的 11 次方。"

这也是"2048 资本"名字的来由。在 Singularity 的这段经历，也为郭春龙后来创办水木未来埋下了伏笔。

2018 年 1 月，法国总统马克龙首次访华。短短 3 天的行程很紧张，但他还是出现在中法人工智能论坛上，见证了中法两国高等学府人工智能合作框架的签署。促成这次合作的正是 2048 资本。

实际上，2016 年郭春龙从 Singularity 回到北京后就开始关注投资，随后成立的 2048 资本专注于人工智能、生命科学等领域。

"天底下再也找不到比宏伟更合适的搭档了"

2016 年时 VR（虚拟现实）非常火，郭春龙看了一堆 VR 项目，为此专门搞了闭门圆桌会。他请来搜狗创始人王小川、电影学院摄影学院院长、台湾和硕科技董事长、AI 计算专家，还有清华大学生命科学学院院长王宏伟，一起探讨 VR 在各个领域的未来应用前景。

"没想到王宏伟对这件事最上心，那次圆桌会一周后他给我打电话，兴奋地建议我们做一个用 VR 帮助科学家观察和研究生物大分子的项目，期待戴上 VR 眼镜后可以直观看到生物大分子的世界。这个 VR 项目后来成为水木未来转化的第一个清华大学生命科学科研成果，虽然我们的业务早已远不止于此。所以，创业很多时候并不是规划出来的。虽然电镜是王宏伟的专长，今天也已经是水木未来核心的技术平台之一并处于高速发展中，但当时冷冻电镜还没有商业化的准备。"

王宏伟：清华大学生命科学学院教授，现任清华大学结构生物学高精尖创新中心 / 北京生物结构前沿研究中心执行主任、中国生物物理学会冷冻电子显微学分会会长。1996 年本科毕业于清华大学生物科学与技术系，2001 年 7 月于清华大学获得生物物理博士学位。同年 8 月赴美，于劳伦斯伯克利国家实验室先后从事博士后研究和担任研究科学家；2009 年 1 月在耶鲁大学任 Tenure-Track 助理教授；2011 年受聘清华大学生命科学学院教授职务，全时回国工作。2016 年 4 月至 2021 年 4 月任清华大学生命科学学院院长。2022 年 9 月至今任清华大学党委常委、副校长。

王宏伟实验室目前主要从事冷冻电镜方法学的开发与应用，至今为止，在 Cell、Science、JACS 等杂志发表 SCI 论文 100 余篇，在冷冻电镜方法学的开发及应用等方面做出了很多开创性成果。其负责建设的清华基地已经建成了国际水平的世界上最大的冷冻电镜平台之一，并在过去几年中产出多项具有重要影响的科研成果，其对冷冻电镜领域的学术与学科贡献获得国际同行的广泛认可。2019 年，三维电子显微镜戈登研究会议（Gordon Research Conference）召开，王宏伟被选为大会主席。

王宏伟曾获 2005 年国家自然科学奖二等奖（第二完成人）、2005 年美国劳伦斯伯克利国家实验室杰出成就奖、2009 年美国 Smith Family Award for Excellence in Biomedical Research（史密斯家族生物医学研究优秀奖）、2017 年北京市优秀教师、2018 年第十一届"谈家桢生命科学创新奖"、2018 年北京市师德榜样、2019 年腾讯基金会首届科学探索奖、2019 年第二届中国冷冻电镜杰出贡献奖，2019 年度（第二届）清华大学生命科学学院科学技术突破奖获得者。

王宏伟与郭春龙有着二十年的交情。郭春龙 1991 年到清华大学读核物理，本科毕业后去加州大学伯克利分校攻读博士学位；王宏伟 1992 年到清华大学读生物，在清华读完博士又去加州大学伯克利分校做博士后研究。

从 Singularity 回到北京后，郭春龙一直想要寻找和探索新机会，他跟王宏伟聊起新机会的多种可能性。

"宏伟在科研领域非常专一，但同时他又是一个涉猎非常广泛的人。对不同领域的新兴技术，他的思维也非常活跃。科幻小说是我们共同的爱好，从《三体》里的云天明开始聊起，探讨怎么把大脑冷冻起来放到地球轨道上。我们聊了很多听起来比较疯狂的想法，这也是我们俩能走到一起的重要原因之一。"

当时郭春龙有一个隐约的想法：生命科学一旦开始数字化就势不可挡，尽管任何一个被数字化的行业或技术在开始时都非常缓慢。他觉得这事很有意思，一方面可以发挥他在 IT 行业多年摸爬滚打的经验，另一方面生命科学尚处于数字化早期，这意味着这件事可以持续做 30 年。

王宏伟和郭春龙有很强的互补性。郭春龙的专业从核物理跨到半导体无线通信，再到后来做 IT 互联网企业，对新事物永远充满好奇；王宏伟一直在生命科学领域做科研，从在清华读博开始一直专注于冷冻电镜研究，非常专一。

"时任清华大学技术转移研究院院长的金勤献老师，对清华生物医药领域的科研转化尤为重视，他给了我们大力支持。没有谁拉谁，我们互相撺掇，决定创办一个公司。创业要看大方向，核心团队最关键。天底下再也找不到比宏伟更合适的搭档了，除了经验、技能和专业上的互补，我们多年的相知和信任尤为重要。他是公司科学技术的灵魂，我主管公司运营和商业化。"

"在生物大分子复合物三维结构时代，水木期待为世界作出 50% 以上的贡献"

2016 年末，王宏伟和郭春龙开始计划创业，一年后才注册了公司——北京水木未来科技有限公司（以下简称：水木）。这个名字一看便知，肯定与清华有关。

水木初创时被赋予两个使命：一是让冷冻电镜从实验室走向产业，就像基因测序技术过去 20 年的发展；另一个目标是基于电镜平台和 AI 计算，推动药物研发的数字化，破解人类难以治疗的疾病，甚至延缓衰老。

郭春龙对这样一个新领域，有兴奋，也有敬畏。

"我跟宏伟讲,'结构+计算'这件事足以做30年,不急,我先再去读一个生命科学博士,公司暂且找人运营。我在浮躁的互联网行业干了一二十年,感觉一直都是在消耗,进入新的战场前需要更新知识储备,所以想回到学校充电。2017年夏天,我以生命科学学院博士生的身份重回清华园,据颜宁后来说,我是面试当天的第一名。"

2017年末,诺贝尔化学奖授予 Jacques Dubochet、Joachim Frank 和 Richard Henderson 三位科学家,以表彰他们在开发溶液中生物分子高分辨率结构测定的冷冻电镜技术方面的贡献。诺奖的公布让全行业都注意到了冷冻电镜,药物研发领域开始意识到电镜的价值。

郭春龙也察觉到,电镜可能到了一个适合发展的时间点。之后一年,冷冻电镜的应用研究发展迅速。

冷冻电镜商业化在美国并没有可借鉴的成熟模式,想要突破必须自己摸索。一个全新领域的重资产项目,想要说服投资人,又谈何容易?2019年春,郭春龙感觉不能再耽搁,电镜平台商业化需要全面加速,5月起正式出任水木CEO。

"清华的学业恐怕无法继续了,目前休学中。我两次读博,也许要两次辍学。再过20年,希望再选个新领域读个博哈。"

2020年,水木完成种子和天使轮投资,由高榕资本、普华资本、薄荷天使基金和荷塘创投共同投资。2021年完成Pre-A轮融资,新增同创伟业、字节跳动、清华无限启航See Fund基金等股东。

"经过两年的摸索建设,大家开始看好水木在电镜领域的独特切入点以及能构建起竞争壁垒的商业模式。我们的团队也从2019年的3个人发展到现在的70多人,还在不断成长。市场方面,我们过去1年里服务过的100多家客户都是顶级科研机构和创新药企,技术能力弱或者无力创新的机构或公司也用不上结构服务。"

谈及未来，郭春龙坦言水木的战略规划分三步走。

第一步的目标已经实现，即用两年时间完成电镜服务从 0 到 1 的突破，"用一台 300 千伏电镜跑出超越目前地球上任何其他同类实验室的产出，包括分辨率、成功率及效率"。

第二步，未来两年把电镜平台从 1 做到 10 和 100，让技术优势逐渐变成产业规模优势。水木的阶段性目标是成为全球最大的高通量生物结构解析平台，"在生物大分子复合物三维结构时代，我们期待可以为世界作出 50% 以上的贡献"。

有了足够的生物大分子结构数据，就可以训练出最好的 AI 预测模型，这个在 Alpha Fold 2 上已经验证。

第三步，是水木未来真正想要达到的目标——数据驱动的药物研发平台。

"想象一下未来，基于高通量的结构产出，每年推动的全新药物管线将远远超出目前人类水平，包括大量之前完全无法成药的全新靶点。基于高分辨结构和 AI 计算的药物设计在初期可能比传统方法更慢，起步艰难，但一旦过了某个临界点，就会呈指数级的增长。未来，所有的药物研发，小分子、大分子、基因疗法等，都离不开电镜和计算。"

对话

宁静：水木的战略规划令人期待。目前定位于电镜服务平台，从商业模式的角度可否理解为从 CRO 开始做起？

郭春龙：中国的 CRO 从 20 年前起步，定位是接别人也能做、但中国人做成本更低的业务。水木推动的是刚刚取得突破但还不十分成熟的新技术，和传统 CRO 并不一样。

任何新技术被广泛接受都不是水到渠成那么简单。基于电镜和计算，我们提供的服务不只限于结构服务本身，还可以为客户提供从靶点到 PCC（临床前候选化合物）、IND 的完整产品，尤其是大量离开电镜基本无法成药的疑难靶点创新药。当然，受限于下游的开发能力，大量项目我们通过合作开发或在不同阶段 license-out（授权转让）。

中国很多生物医药企业在 CRO 和 Biotech 商业模式上在探索跨界、探索创新，一个典型案例是沈月雷博士创办的百奥赛图推出"千鼠万抗"抗体药物研发平台。我蛮欣赏他们选择了这样一条大路，沈总是一个有互联网思维的生物医药创业者。

宁静：作为稀缺技术，冷冻电镜的工作原理是什么？目前主要用于哪些领域？

郭春龙：冷冻电镜其实就是一个大型显微镜，它跟常规光学显微镜的主要差别在于它用电子作为介质，样品置于超低温环境。电子的波长远远小于可见光，所以理论上能够观测到的分辨率或清晰度远远超过光学显微镜。

我们通常认为的常温，在物理学意义上属于加热状态，分子运动剧烈，同时溶液状态的生物样品不利于提高分辨率。如果迅速冷冻到液氮温度下，样品就进入玻璃态，生物分子运动减少很多，可大幅提升成像质量。科学家们也尝试过用液氦冷冻到更低温度，但液氦太贵、成本太高。空气中的氮气占78%，可以源源不断地供我们提取，所以液氮可以大量工业化生产，甚至比矿泉水还便宜。

冷冻电镜目前主要应用于生物大分子的结构解析，也应用在一些特殊材料上，比如锂离子电池。锂离子电池是电动车电池的核心技术，所以冷冻电镜在材料、能源等领域也很重要。

宁静：在生命科学研究领域，冷冻电镜有何独特优势？如何发挥作用？

郭春龙：冷冻电镜是结构生物学研究的重要工具，能够观察蛋白质、核酸等的微观结构，解析有机大分子的原子组成及空间位置关系。

近些年，由于硬件和算法上的不断改进，冷冻电镜解析结构的速度和分辨率都不断提高。以前解析一个结构平均需要2～3年，现在缩短到几周甚至几天，未来可能只要一天甚至几小时。对相对分子质量较小的结构解析也在不断突破，传统X射线晶体学主要解析相对分子质量在10万道尔顿以下的蛋白质结构，冷冻电镜技术突破了这一限制。

另外，与传统X射线晶体相比，冷冻电镜样品量需求非常少，不用长晶体，更接近生命体中的正常状态。

冷冻电镜技术正在从科研机构走向制药工业界，应用之一是快速精准破解药物潜在作用靶点结构。例如，美国得克萨斯大学奥斯汀分校的研究团队利用冷冻电镜技术，2020年2月初在全球范围内首次解析新冠病毒的S蛋白结构，发现ACEⅡ（血管紧张素转换酶Ⅱ）蛋白与新冠病毒的亲和力是SARS病毒的10~20倍。这在一定程度上揭示了新冠病毒具备强传染性的原因。

2020年2月中旬，清华大学生命科学学院王新泉课题组和医学院张林琦课题组合作，解析了新冠病毒表面刺突糖蛋白受体结合区与人受体ACEⅡ蛋白复合物的晶体结构。一天后，西湖大学周强课题组公布使用冷冻电镜解析ACEⅡ受体全长结构和S蛋白受体结构域与ACEⅡ全长蛋白复合物结构。因此，结构生物学家在这场抗击新冠疫情的战役中为药物和疫苗开发提供了重要依据。

在针对一般疾病的新药靶点解析上，冷冻电镜在膜蛋白、离子通道、G蛋白偶联受体（GPCR）等相对分子质量较大的蛋白结构解析中也发挥着重要作用。尤其GPCR是人体细胞膜中最大的一类超家族膜蛋白，有800多种，是细胞感知外界信号的重要途径，也是目前已知的成药最多的药物靶标，约70%的化学药及生物药作用位点都与GPCR有关，所以GPCR结构解析将是冷冻电镜技术助力新药研发的重要领域，也是水木未来团队拥有技术优势的重要方向。

另外，冷冻电镜解析结构时可解析溶液中蛋白质的不同状态，包括蛋白质与药物结合前后及结合过程中的构象变化，所以能更准确地了解药物与靶点间的相互作用，这一优势尤其适合抗体药研发，能够助力改造更符合临床需求的抗体药。

宁静：基于冷冻电镜的独特优势，水木是否也确定了相应的商业应用方向？

郭春龙：其实，基于结构解析的新药发现已有40年历史。结构生物学有三大手段：X射线晶体衍射、核磁共振（NMR）、冷冻电镜（Cryo-EM）。其中

X 射线晶体衍射一直占主导地位，在 PDB 数据库中晶体结构超过总数的 80%。冷冻电镜结构最近几年加速发展，但仍远不到 10%。基于冷冻电镜的新药发现还处于发展早期。

随着冷冻电镜高效高分辨率这一技术优势的显现再结合分子计算能力，水木逐步确定了几个商业应用领域：

在 me-too 或 me-better 药物发现方面，冷冻电镜可解析专利药的靶点复合物结构，药物化学家可以采用分子杂交等策略设计分子，计算化学家可以得到高质量的计算模型。对已知靶点的专利药进行改构，进而筛选出更精确有效的先导化合物，提高药物发现效率。

在 first-in-class（首创新药）药物设计方面，通过解析早期探针分子结构，与 CADD（计算机辅助药物设计）、DNA 编码化合物、计算化学结合，以实现全新结构的发现与设计。

在抗病毒疫苗和药物研发方面，通过解析病毒侵染过程中的关键蛋白及相互作用下的三维结构，为药物研发提供依据；通过结构解析，将重组蛋白疫苗的抗原蛋白和病毒抗原蛋白进行结构比对，为疫苗研发提供依据。

水木的电镜和计算平台已经与北京生物结构前沿研究中心、北京生命科学研究所、中国医学科学院药物研究所等研究机构和包括百奥赛图在内的众多创新药企达成战略合作伙伴关系。

宁静：水木的使命之一是让电镜从实验室走向产业，作为初创公司，何以具备这一能力？您认为电镜技术何时能得到广泛应用或者说进入繁荣期？

郭春龙：清华大学冷冻电镜在生命科学的应用领域全球领先。当然电镜设备不是清华造的，中国到目前为止所有电镜设备都是进口的，它需要有专业团队去操作软硬件。施一公老师早在 2010 年申请到科研经费，为清华购买了亚太地区第一台 300 kV 的电镜。

2013 年末电镜技术有了突破，当大家都开始想用电镜做科研时，清华已经领先一步，从传统 X 射线晶体衍射转向电镜。电镜在一定程度上取代了上一代 X 射线晶体衍射技术，能解决 X 射线解决不了的相当一部分问题。2016 年前后，清华有关电镜的论文大量发表于 Cell、Nature 和 Science，清华在电镜和结构生物学领域成为全球 NO.1。

因为有清华大学的背景作依托，水木构建冷冻电镜平台的速度和能力比同行更有优势。作为第一家电镜领域的创业公司，水木在当下的定位是技术服务平台型企业。在北京市科委的支持下，我们购买了第一台电镜。在清华大学领导和老师们的支持下，水木成为亚洲第一家实现自有 300 kV 冷冻电镜的商业公司。

最近，更多团队进入冷冻电镜领域，这说明大家看到了冷冻电镜的商业化未来，有竞争是利于技术和市场发展的好事。

任何一个新技术，从不成熟到成熟和市场增长需要一个漫长的过程。我经常拿特斯拉打比方，十几年前，如果有人跟你讲未来的道路上跑的全是电动车，估计没几个人相信，而今天已经没有人怀疑了。特斯拉的市值已经超过丰田、本田、奔驰、宝马的总和。可是为什么路上跑的还是汽油车为主？因为即使被市场和公众认同，真正成为主流还需要很长时间。

宁静：刚才您谈及水木初创时以清华为依托，政策层面目前对高校教师参与企业有哪些导向或约束？

郭春龙：这是一个非常重要的问题。在国内，高校参与企业经过了一系列改革。2017—2018 年间，政府层面明确高校需要专注于教书育人做科研，校办企业模式转变为科研成果转化市场化新模式。高校老师的科研成果可以 IP 入股的形式进入公司商业化，这种模式更先进，也与国际上创新创业公司模式类似。

中国科研系统很大的一个问题就是转化效率低。从教育部到科技部再到中央都意识到了这个问题，于是大力鼓励科学家、教授、专家转化科研成果。水木是清华大学生命科学学院以科研成果转化模式尝试探索的第一家企业，完全按照政策允许并认可的新规则实施。

执行中也遇到过一些问题，比如代表学校的国资股份在对外募资时审核流程太长，很难灵活地应对市场募资。相信不久后整个机制理顺了，将会更利于高校的科研成果转化。

宁静：您的专业背景及过往经历都不在生命科学领域，如何为水木及这个行业带来价值？

郭春龙：学物理的人有个共性，对于进入任何一个新行业和学科都比较大胆。物理研究的是事物的基本规律，不管是股票市场、市场营销还是生命科学，最重要的都是一个建模的问题。

这些年我在 IT 行业的积淀和思考，让我更能清晰地看到超越市场波动和所谓风口的技术趋势。具体而言，一个个学科和领域被数字化，生命科学被数字化也已成为必然趋势。

药物研发在过去的一百年里有了很大的进展和突破，但做药的方法还很传统，主要靠盲筛。如果能够在底层的生物结构方面清晰地看到分子之间相互作用是怎么发生的，会带来革命性的改变。无论是小分子还是大分子，底层机理都是分子相互作用，对于学物理的人来说，并没有超出我们的认知范围。

生命科学的数字化，在目前的技术可及范围内，除了基因测序就是电镜技术。迄今为止电镜是量化生物大分子的最新和最有力的工具，也是未来生物医药的重要基础设施。还是以特斯拉为例，如果没有它，电动车也一定会变成全球标准，但因为它的存在，电动车的普及可能提前了至少 10 年。我希望电镜在药物发现领域的推动作用,因为水木未来的存在而提前10年。

电镜的关键核心部件都涉及工程物理,比如电子枪(光源)需要加速器专业,最核心的高速电子成像装置需要核电子,这正是我当年在清华读本科时的专业。电镜设备本身也是物理学家发明的。在合适的时机,我们可以推动研发生产电镜设备尤其是核心部件,结束中国结构生物科研设备依靠进口的历史。做生物的人不太愿意进入设备研发,学物理的胆大些。

跨界团队还有一个优势——用原来业内人并不熟悉的新方法和新维度去解决问题。药物研发还面临很大瓶颈,直到今天也没有专门服务于药物计算的芯片公司,而未来药物研发会越来越多地依靠计算。在水木的规划里,还考虑优化算力基础芯片,在结构问题解决后让药物计算效率再提高几个数量级。

宁静: 采访前我在网上查了您的资料,发现您除摄影之外几乎所有爱好都很冒险,比如飞行、潜水、登山、滑雪,冒险和挑战对您是否极具吸引力?如果抛开工作的意义和价值,您最想做什么?

郭春龙: 一个人的成长很有意思,其实我小时候体弱多病,从小学到大学,体育成绩永远挣扎在及格线边缘。到美国之后,我才发现了自己真正的喜好,尤其是滑雪的感觉就像鸟在飞翔一样,让人着迷和上瘾。能够在以前没有体验过的运动中找到前所未有的乐趣,那种动力是超乎寻常的。

爱好可以把人从一根筋的状态切换到得以放松的模式,但把爱好变成工作就未必是好主意。随着年龄的增长,我更倾向于做减法。以前什么都好奇,年轻的时候喜欢所谓读万卷书行万里路,而现在更希望把有限的时间投入到一件最重要的事情上。

生命科学的终极挑战,关乎生命的本质,关乎衰老和死亡,现代生命科学从分子层面已经有了很大进步,我希望有生之年,在2048年之前至少能解开衰老之谜，设计出药物延缓甚至逆转衰老。

这并不是简单追求长生不老。在可预见的未来，人类离开地球进入星际航行，靠现在这副肉身肯定不行，且不说环境的巨大变化，我们的寿命实在太短了。以人类目前能达到的最快速度，到达最近的比邻星需要 1.8 万年。所以，站在更长远的尺度上，无论我们愿不愿意，人类必须改造肉身。

繁衍并教育下一代的成本太高了，如果一个人能活 1 000 年、10 000 年、1 000 000 年，就可以做很多今天的人类做不了的、了不起的事情，真正成为星际物种。水木这 30 年的工作，也许可以从生命增强的角度配合偶像马斯克做一些事情。

当然，这听起来非常疯狂。我个人觉得任何一个人或群体，还是需要有一些超出世俗的长远目标，否则一个人活几十年也挺没意思的。

自然选择培育起来的好奇心已成为我们赖以生存的基本要素。我们没有能力预测未来，灾难通常在不知不觉中偷袭我们。一个人、一个群体甚至一个种族的生存，可能全靠少数不安分的人来决定，我们被一种难以说清和理解的渴望，吸引到未曾发现的土地或新的世界。麦尔维尔在《白鲸》里代表古往今来四面八方的漂泊者写道：一种对远方事物的永恒追求使我苦恼，我喜爱去非常凶险的海洋航行。

（采访时间：2021 年 10 月）

访谈后记

（2023年1月）

几经修改和压缩，还是写了一篇长文。他的经历太过丰富，我不确定能否把职业跨度如此之大的一个人的职业故事在一篇文章中完整而又清晰地表达出来。访谈录刚发布就看到一条读者留言，聊以自慰——"这是我读过的最丰富顺畅的 ALLEN（郭春龙的英文名）的访谈录，功力了得。"

访谈中，他讲述过往的语气很平静，那些曾经的波澜似乎已经是别人的故事，而那些听起来有些"疯狂"的想法又似乎是理所当然。

访谈过后没多久，我看到马斯克接受采访的一段视频。记者问："迄今为止面临过的最大挑战是什么？"，马斯克想了很久；记者又追问："是没有面临过挑战吗？"，马斯克回答："我在想哪一个挑战最大"。

马斯克是郭春龙的偶像，他在访谈中不止一次谈起。如果有下一次访谈机会，我也想问同样的问题。

很喜欢他说的一句话：失败是成长的伙伴，一路上伴随我们超越边界、超越输赢、超越自我。

那次访谈发生在 2021 年 10 月，当时他创办的水木未来刚完成 Pre-A 轮融资。2022 年，在疫情起起伏伏中，水木未来也没有停下"超越"的脚步：

2022 年 4 月，水木未来自主研发的石墨烯载网支撑膜技术和 Gra Future 系列高端耗材产品发布，在最具挑战的蛋白结构解析方面超越国际同行，到 2022 年末已经在国内外 50 多个顶级结构生物实验室使用。

7月，水木未来长三角基地建成，6台300 kV顶配冷冻电镜进场，12月安装调试基本完成，单颗粒解析分辨率达到1.4 Å。8台300 kV高端冷冻电镜，从产能到分辨率到单机效率领先全球。

8月，水木未来美国麻省剑桥办公室落地，北美业务正式启动。

9月，水木未来全球首次发布肥胖症超级靶点GPR75冷冻电镜高分辨结构。

11月，水木未来自主研发的冷冻电镜解析工具软件cryoSMART发布，完成了中国冷冻电镜科研设备核心软件的国产替代，并在AI建模环节各项指标全面超越国际产品。

2023年新年第一天，看到他在朋友圈发布：助力战胜奥密克戎最新XBB毒株，水木CryoEM结构级高纯度新冠XBB.1.5刺突蛋白上市，加速药物研发和优化……

祝福水木，超越未来。

好书荐读·郭春龙

A THOUSAND BRAINS, by Jeff Hawkins

作者是掌上电脑 Palm 和 Palm Spring 的创始人，公司卖掉后专心做大脑和智能的研究，20 年前就写了一本书叫 *ON INTELLIGENCE*，如果你对人类智能和 AI 有兴趣，非常推荐这本书。

《暗淡蓝点》，卡尔萨根 著

这是一本关于人类、地球、宇宙的科普经典，推荐给像我一样感兴趣的朋友。

CODE BRFAKER, by Walter Isaacson

乔布斯传记也出自同一作者。关于 CRISPR，如果只读一本书，强烈推荐这本。

连续创业者

李戍

现任莱盟集团（LAMH）董事长及创始人。美国哈佛大学应用科学专业博士，美国伊利诺伊大学香槟分校电机及计算机工程专业硕士，我国华中科技大学自动控制专业学士。美国百人会成员。拥有6项美国及国际专利，曾任加州大学尔湾分校Paul Merage商学院顾问委员会成员。

他曾在半导体领域连续创业成功，是美国捷智半导体（NASDAQ：JAZZ）的创始人、总裁及CEO，上海华虹NEC中日美合资的联合发起人及董事，是当时少有的改革开放后大陆赴美留学生在美国进入500强的企业高管，历任科胜讯系统公司（NASDAQ：CNXT）高级副总裁，霍尼韦尔副总裁并兼任全球航空航天备件服务公司总经理等，摩托罗拉、英特尔公司高管。

他在生物医疗领域连续创业成功，是天使投资公司J&J Investments创始人，并创建了WA臻景医疗集团、CBMG西比曼生物（NASDAQ：CBMG）、Laboratory for Advanced Medicine、国科健康生物科技等公司。

李戍：业无界，心无涯

老子说：天之道，损有余而补不足，是故虚胜实，不足胜有余。这句话在强调一种平衡，也时刻提醒我：人生就像海浪，时有高低，成功时不要得意忘形，失败也可以转败为胜。

——李戍

"从哈佛大学毕业时，我的学位是 Ph.D of apply science（应用科学博士）。当时有同学问校长，别人的学位是计算机博士、某某工程博士，一看就知道他们擅长什么，而我们这个'应用科学博士'怎么跟别人解释呢？校长说，应用科学博士的意思就是你能从这儿毕业，你就什么都能做。"

李戍从哈佛大学毕业后的职业经历，仿佛在诠释"什么都能做"的真正含义。

他29岁管理英特尔在美国的大厂——晶圆六厂，当时约世界1/4的电脑芯片都源自这座超级工厂；31岁管理摩托罗拉美国亚利桑那研发中心，统领三家电子芯片工厂的研发团队；34岁就任世界50强联信/霍尼韦尔国际公司副总裁，进入航天航空领域；42岁开始了他的连续创业历程，首先创立了捷智半导体（NASDAQ：JAZ）（现为Tower Jazz），后通过捷智联合发起了中日美合资华虹NEC，47岁带领捷智在纳斯达克上市并成为美国集成电路领域最前沿的公司。

49 岁之后，李戍投身新医疗（再生医学、抗衰老医学、功能医学），在生物医疗领域连续投资创业，迄今为止已创立 4 家生物医疗企业，包括 WA 臻景医疗（已并购入爱康国宾）、西比曼生物（NASDAQ：CBMG）、国科健康生物科技（CAS Health Holdings，已全权出让）、莱盟集团（LAMH）等企业。

"我曾与我在哈佛大学的导师、美国工程院院士、世界知名自动控制学者何毓琦教授因学术而有过争论，他对我说：'这个世界上像你这么聪明的人有的是，但真正成功的只是极少数，不要自以为聪明就能成功。'这句话我一直铭记在心，从不敢自恃天资而有丝毫懈怠，凡做事必脚踏实地。"

"少年时期的经历造就我成为生存能力、韧性都非常强的人"

"我的家乡河北高阳庞口，是先祖建家立业、生息绵延的地方。600 多年的历史长河，这片热土滋养培育出了李氏家族 13 位进士、47 名举人，以及民国教育家、文化传播巨擘、工业实业家……是他们在社会进程中的功绩为小小的庞口布设了浓厚的历史积淀和文化氛围。"

这是中国文史出版社 2017 年出版的《高阳庞口李氏家族史记》序言中的一段话，做序者正是李戍。书中记录了李氏家族历史名人的故事，如李国楷、李霨、李鸿藻如何力排众议为捍卫国土完整作出努力，李叔良如何成为高阳纺织业发展的拓荒者并为高阳近代纺织业奠定了基础，李石曾与同时代的文化泰斗蔡元培为探求救国救民的真理而发起影响深远的"留法勤工俭学运动"，以及许多恪守李氏家训"忠厚传家久，诗书继世长"的后辈们的人生故事。

作为李氏家族第十九世子孙，李戍出生于北京，因为父母都是中国地质大学的教授，长期从事煤田地质、石油勘探的研究及实际开发工作，他从小跟着奶奶住在天津的一幢小洋楼里。

李成的爷爷李叔良是民国时期著名的工商实业家、高阳纺织业的带头人。他在河北高阳经营当地第一家染织厂高阳合记，后又将产业拓展至化工领域，成立了天津合记。1956年初公私合营后，虽然家族企业被公有化，但生活依然衣食无忧。

安乐的童年在李成9岁时戛然而止，李家在"文革"中受到很大冲击。李成的父亲被下放至湖北的农场，母亲带着两个孩子被下放到江西的"五七"干校。那一年，李成9岁，妹妹只有1岁。

少年时代的遭遇，至今刻在李成的记忆深处。

李成的母亲白天要去种庄稼，他就在家照顾妹妹。他们最常吃的是米饭和煮南瓜，想吃点儿别的，只能自己想办法。他去山上抓过蛇，到河里摸过鱼，还采过野果子、拔过竹笋，后来还学会了养鸡、种菜。他自己还搭过茅草棚，砍竹子搭墙，把茅草放在房顶上，屋子漏雨了就在屋顶铺塑料布，在地上拿脸盆接水。江西的冬天很冷，入冬前还要准备一冬天的柴火。

"这些记忆虽然深刻，但也并没有感觉有多苦。最让我痛苦的，是被要求在几百人的大会上公开批判母亲。在我的很多小伙伴面前，周围的大人们说我父母如何如何坏，要求我也这么做。我拒绝，那些大人们就不允许他们的小孩跟我玩儿。后来我妈妈用积攒的钱给我买了一个像篮球一样的塑料玩具，那些孩子才又来跟我玩儿。"

那段特殊的经历造就了李成极度内向的性格，他甚至很少说话，以致周围很多人都以为他不会说话。多年后，当他刚进入英特尔做管理时，他的家人也认为他不适合做管理，道理很简单——不爱说话怎么做管理？

"少年时期的那段经历也给了我一个自信：无论把我丢在多么恶劣的地方，我都能够生活。我也因此成为一个生存能力、韧性都非常强的人。"

"求学时期一直困惑，所学到底能有什么用处"

李成15岁那年，全国高校开始大面积招收工农兵学员，他的父母因此被调回北京教书，全家重聚，他也得以走进中学课堂。但当时并未恢复高考，中学毕业后一般都要"上山下乡"，到农村接受贫下中农再教育。李成喜欢打篮球，想通过打篮球找个出路避免下乡，也试过音乐，但他在体育和音乐方面似乎都没有表现出特别的天分。

1977年，中断10年之久的高考宣告恢复。正在读高二的李成之前没敢想能有这个机会，恶补功课后参加了"文革"后的第一届高考，但没被录取。

"我几乎没上过小学，参加高考挺费劲的。我记得那时候考试让计算地主家的高利贷，我一见那种题就憷。我的古文和作文还不错，在江西的时候，我妈经常在煤油灯下为我们读《三国演义》，算是打下了一点古文底子，作文好是因为我经常会有一些创新的想法。其他学科统统不行。"

第二年，作为应届生，他没敢填报北大、清华，最终考入华中工学院（现华中科技大学）自动控制系。

"我是一个开智特别晚的人，当时也没有人给我指点。虽然我父母都是地质大学的教授，但他们就是两个学究。报考自动化控制专业纯属偶然，听别人说比较时髦就报考了，当时根本没有什么远大志向。"

走进大学校园的李成埋头苦读，四年后以全国第一名的成绩考取中国科学院自动化研究所的研究生。没想到的是，前三名的学生被直接公派出国留学。

在中国科学院，李成只上过半年英语课，全力以赴为出国做准备。当时美国伊利诺伊大学一位在应用数学和人工智能领域非常有名的教授到中国科学院讲过一次课，李成就联络了他。

1984年初，李成远赴美国伊利诺伊大学攻读电子工程硕士，两年后放弃了已经开始的博士论文，转到哈佛大学攻读应用科学博士。

李成刚去哈佛大学时，被分配到一个人工智能大数据大系统优化方面最难的课题。现在谷歌的搜索引擎和 Page Rank（网页排名）都用马尔科夫随机链技术，当时他的博士课题就是把广义的马尔科夫随机链应用在大数据搜索上。这个硬骨头已经被课题组里的博士们啃了好几年，但一直没有结果。李成琢磨了半年多，想出了解决方案。

在哈佛大学读博士，一般需要 4~6 年完成博士论文，李成仅用了一年就攻破了难题，并成功将研究成果发表在业内最权威的学术期刊上。结果，他只用两年时间就取得了博士学位。

"这给我一些启示。我去哈佛大学前学习自动化控制，博士课题涉及的技术我完全不懂。课题组里的成员都聪明绝顶，研究经验又比我多，所以我几乎没法儿跟他们比。但搞明白问题所在之后，我就围绕问题去深挖，可能 80% 的知识我还不懂，但也不妨碍解决问题。这意味着能否解决问题不在于专业知识有多高，关键在于能否看透问题的本质。我因此多了一份自信：当遇到不懂的东西时，擅用才智，可能就比别人做得好。"

在美国读书期间，李成只用了一年公费留学资助，之后就得到了奖学金。他喜欢自己的所学，但也一直有个困惑——所学的东西虽然在理论上、学术上很有价值，到底能有什么用处？他渴望立竿见影，希望自己所学所做能够很快看到效果和价值。

"从世界 500 强到 50 强，不知道前路有什么问题在等着我，但始终抱着一种心态——去了再看呗"

从哈佛大学毕业后，李成得到两封 offer，一封来自世界最大、成就最突出的企业研发机构贝尔实验室，另一封来自亚利桑那大学。

李成准备前往贝尔实验室报到前，被质疑中国留学生身份是否适合进入，因为贝尔实验室在承担部分美国国防项目。身份调查由此展开。一年后，李成收到贝尔实验室的入职许可，而此时的他已经选择在亚利桑那大学系统工程系执教。

"我从来不是一个喜欢说话、社交和出头露面的人，但我讲课条理清晰，学生们还挺喜欢。初当老师很有成就感，但从第二个学年开始，有些课就要重复教，我觉得这样的生活有点儿枯燥。"

李成开始向往校园以外的生活。

大学的暑假持续两三个月，一般教师都会选择到其他大学访学、合作项目或写论文。李成却对大学旁边英特尔公司辖下著名的晶圆六厂产生了兴趣。晶圆六厂当时是世界上最著名的工厂之一，全球大约 1/4 的电脑芯片在那里生产。全自动化的工厂让李成很好奇，他把电话打给了这家工厂的副总裁（VP）。

"那时我从哈佛大学刚毕业一年，英语不太好，对美国文化也不了解，甚至从来没接触过芯片、半导体。我没有相关经验，唯一可以拿得出手的就是我的哈佛大学博士学位。结果接电话的那个 VP 挺直白，也挺不讲理，他直接说 that's all bullshit（那都是瞎扯）。"

李成不甘心，一周后又给那位副总裁打了电话。这一次他也同样直白："我虽然没有经验，但有聪明的头脑。你如果有什么解决不了的问题就交给我试试，你不会失去什么，也没有什么风险。"

在哈佛大学仅用两年时间取得博士学位的经历，给了李成尝试的勇气。

"其实我从来没有觉得自己有多聪明，因为小时候总被人说如何不好。但我有韧性，只要想做一件事就很难轻易放弃，这也是从小造就的性格。另外，我知道英特尔的文化就是直截了当，虽然我被拒绝，但我认为那个 VP 并没有敌意。他肯定也有解决不了的难题，只要给我机会就可以去试试。"

当年投资一个芯片厂至少 10 亿美元，作为生产全世界 1/4 电脑芯片的超级工厂，生产系统庞大、先进，尽管 7 天 24 小时满负荷工作，依然无法满足市场需求。如何在现有设备基础上提高产能 2 倍，正是让副总裁头疼的地方，他决定让李成来试试。

"'老美'很精明，如果我的尝试有任何不利的苗头，他手下会有一堆人立刻阻止我，所以他们没有任何风险。万一我把难题解决了，那对他们就绝对有利。"

李成如愿走进了英特尔晶圆六厂的大门。他开始没日没夜地观摩研究，观察芯片从下单到出厂的所有流程，分析机械的运转模式、人员配比及整体布局。

他发现大多数设备可以做两三倍的工作量，只有几个环节常出问题，而一旦某个环节出问题，其他所有工序都不得不空置等待。另一个问题与人员分配有关：工厂里所有工程师只在白天工作，而生产线工人 24 小时在岗，夜班需要工程师解决的问题必须等到白天才能解决。尽管这是涉及 100 多道工序的复杂生产线，但如果每一个瓶颈环节得到改进，整个流程就会变得顺畅。

三周后，李成交给 VP 一份报告，详细分析了他观察到的问题及改进措施。事实上，这个方案只是站在旁观者的角度，重新梳理了习以为常的生产模式，并不高深。

暑假即将结束时，李成再次接到 VP 的电话，内容照样直白："你来管理这个工厂吧。"李成没有任何犹豫，离开了刚刚任教一年的亚利桑那大学，以毫无管理经验的背景开始管理这家拥有 500 多名美国工人的全自动化工厂。

那一年，他 29 岁。

"我一个中国人管理几百名'老美'谈何容易？既有专业人员又有蓝领，

实际上我的权利很有限，谁也不听我的，怎么办呢？我制定了一个机制：只要任何一个环节出了问题，我就随时发公告让上上下下所有人都知道。公告一旦发出，如果不解决问题压力就会非常大，因此问题就得到了及时解决。另外，我增加了一些奖励机制，比如夜班的产能创纪录了，我就给每人发两张电影票，白班工人听到了就拼命干活。奖励虽小，但无形中形成了一种竞争，产值因此直线上浮。"

做事马上就能看见结果，让李戍很有成就感。尽管亚利桑那大学给他留了一年的教职，但此时的他已不可能选择再回头。

在英特尔，美国人占绝对比例的管理层似乎并不欢迎李戍这个没有任何管理经验和背景的亚洲人，"办公室政治"不断上演。两年后，尽管他完成了产能提高2倍的目标，李戍还是有了离开的念头。在后来的历次职业转轨中，这是唯一一次他自己有主动离职的意愿。

"那时正好接到猎头的电话，问我是否愿意去摩托罗拉，给出的条件是薪资加倍、掌管旗下三座电子芯片工厂的研发团队。工作地点就在英特尔晶圆六厂的不远处，我都不用搬家。"

摩托罗拉的工厂里聚集着一大批优秀的工程师和科学家，按部就班的研发体系制约了他们的创新。李戍在摩托罗拉的三年时间，率领团队打破根深蒂固的研发模式，使产品从生产雏形到进入市场的速度提升了3倍，他的管理技能也得到了锤炼。

1993年，李戍再次接到猎头电话，邀请他加入全球50强企业联信/霍尼韦尔国际（Allied Signal/Honeywell International）。那是他从未涉及过的航空航天领域，巨高的薪酬和更具挑战的平台，加之董事长Larry Bossidy亲自电话邀请，吸引他很快做出了决定。

"像我这样改革开放后赴美的中国留学生，极少有这种工作机会，几乎没有理由拒绝。其实当时我没有什么远大宏图，不像现在的年轻人成熟早、想法多，有自己的职业规划。我不知道前路有什么问题在等着我，但抱着一种心态——去了再看呗。"

李成先后被"空降"负责15个分公司研发部的改革、全球机载设备维修工厂的运营、17亿美元营业额的全球机载设备及零件销售公司和巨额投资的电子材料公司等，都是些管理难题。5年后，他捅破了天花板，跻身进入了世界50强企业最高管理层。

"在科胜讯的高管生涯没过多久，促成了我的第一次创业"

猎头几乎成为李成职业生涯中每一次转身的契机，甚至他的第一次创业也不例外。

1998年，李成又一次接到猎头的电话，邀请他加入科胜讯（Conexant）并出任高级副总裁，主管研发、物流和质控。

科胜讯前身为洛克维尔（Rockwell）半导体，是全世界最大的通信电子半导体独立研发厂商，在通信技术领域拥有30余年经验，利用其在混合讯号处理方面的专长，为各类通信应用提供集成系统和半导体产品，涵盖语音和数码通信网络、无线和手机、个人影像设备及线缆数据传输和宽带通信网络。

李成清楚地记得当年科胜讯的股票火爆异常，几个月内从每股9美元涨到120美元。他接受了工作邀约，但没有想到的是，在科胜讯的高管生涯促成了他的第一次创业。

2000年前后，当时以台积电、联电为首的我国台湾企业已经夺得了半导体制造的大部分江山，很多美国大工厂都因成本太高而迁往亚洲等地，科胜讯也面临同样的问题。科胜讯最大的工厂主要生产世界上最先进的射频、手机通信等系统芯片，还生产部分军工产品（如火箭、导弹）上应用的特殊芯片，但成本问题让这个工厂也面临危机。

这个工厂有着世界上最先进的特种半导体制造技术，如 SiGe、SiC，可以制造最低能耗、最快的芯片。但对于一个企业而言，已经支持不下去在美国 Newport Beach（新港海滩）的高昂成本，处于准备关闭的状态。李成认为有机会打造一个独特的特种半导体公司模式，服务世界。事实上，这个芯片技术后来已成为许多创新技术的核心，如 Luminar 采用 JAZZ 技术制造的自动驾驶芯片比一般 Lidar 性能提高约 50 倍。

2002 年，李成从美国卡莱尔投资集团（Carlyle Group）融资，买下科胜讯的半导体制造分公司，成立美国捷智半导体公司（JAZZ），开始了他的第一次创业。

2003 年，JAZZ 投资了运营不佳的中日合资上海华虹 NEC，联合发起了新的中日美合资企业，这段故事记载在胡启立先生著的《"芯"路历程》中。李成加入并协同董事会对华虹 NEC 进行转型改革，撤掉日方管理团队，引进美国先进的射频技术。李成也借此深入了解并参与了中国的商业市场运作。第二年，这个中日美三方合资企业开始盈利，如今已成长为中国最先进的集成电路制造企业之一。

2007 年初，JAZZ 在纳斯达克上市。此时的 JAZZ 已成为混合信号与射频技术代工市场的领导者，苹果前 CEO 吉尔·阿梅里奥（Gil Amelio）和苹果创始人史蒂芬·沃兹涅克（Stephen Wozniak）联合创立的投资公司要求收购全部股权。李成继续担任了几个月 CEO 后便全身而退，成为自由人。

再后来的 JAZZ 与以色列 Tower 公司合并为 Tower Jazz，现在已成为世界最大的生产特殊芯片的特种半导体公司。

"PING 诊所只是一粒种子，深入医疗是我的必然选择"

成为自由人的李成，开始规划自己的后半生。

他第一个想到的是做慈善。"当时李连杰正在做壹基金，我了解到做慈善基金也很不容易，其中的环节非常复杂。与其把资金交给别人管理而不一定能被很好地利用，还不如自己做。我是一个闲不住的人，我决定做自己感兴趣的新医学领域，因为我在医疗领域资源非常多，不缺技术、不缺专家，更不缺商业经验。"

事实上，李成与医疗早有不解之缘。他的夫人吴溪平就是一位医生，早在1990年他任职摩托罗拉期间，他们就共同创办了一家PING诊所。为了让这家中国人开的诊所有独特之处，PING诊所定位于抗衰老医学、功能医学和整合医学。

PING诊所的理念很像中医，致力于"治本"。与中医不同之处在于，它利用了很多现代技术，比如，功能医学方面用到很多现代的检测技术，比常规医院的检测要深入得多，旨在通过科学方式保持人体脏器的年轻状态，及时排查潜伏的健康问题。多年来，有许多美中名人在这里治疗。

"与医疗的另一个不解之缘是我父亲家族有个遗传病，家族成员年轻时都特别瘦，30岁以后就开始发胖，几乎都有心脏病、糖尿病。我30岁出头时我爸就跟我说：'别看你现在这么瘦，再过两三年你就该发胖了，咱们家都这样。'我爷爷因心脏病去世，我父亲也做过心脏手术。当时我就给自己立下规矩：第一，我要一辈子保持大学时的体重；第二，我要研究如何更健康、怎样抗衰老。"

李成和夫人还合作出版了三本抗衰老英文专著 *Ping Longevity*（《平青长寿法》）、*Asians Longevity Secret*（《亚洲人长寿秘诀》）、*Be Young and Beyond*（《超越年轻》），其中《超越年轻》于2012年译成中文由人民卫生出版社出版。

不仅如此，创立JAZZ的同时，李成基于对航天生理学和宇航学科的研究，还获得过抗衰老负引力治疗法专利。在日后探索新医学的过程中，他与团队还获得过 5 项国际专利。

除此以外，他利用业余时间获得了专注于研究印度、中国等传统医学的东方医学博士学位。但他很少向媒体提及这事，"因为哈佛大学博士好像比什么学位都厉害，我也不需要再用什么学位来证明自己。"

凡是挡在抗衰老前面的东西，他都会去研究。几十年中，李成读了大量的医学论文，这甚至发展成为他的嗜好。

"我周围有顶级的医生、生物学家、CAR-T（嵌合抗原受体 T 细胞免疫疗法）公司的老板、干细胞专家，我们经常一起交流学术话题。我自己经过了哈佛大学的训练并拥有跨领域的管理经验，也就有了深入任何陌生领域的能力。家族病史也让医疗健康成为我要面对的头等大事，所以深入医疗、推动新医学技术的产业化也就成为必然选择。"

对于李成而言，PING 诊所是保护自己和家人朋友健康的试验田，从某种意义上更像一粒种子，是他深入医疗领域的勇气和底气，后续投资创立的多个医疗事业都以此为基础而展开。

"连续医疗投资创业，'幼儿园模式'决定着数量不多，但成功率很高"

从 2007 年以来，李成的天使投资 J&J 家族基金开始关注生物医疗，所投项目几乎都是从一张纸开始。

"做 J&J 基金主要因为我周围的科学家太多了，他们不断推项目过来。无论美国还是中国的大学，好技术都是大把大把的，但据统计 99% 拥有这些技术的教授、专家创业都会失败。不难理解，对于一个创业者而言，除了技术还需要财务、生产、销售、人工智能、融资等各方面的支持，如果资源不够多，失败的概率就很大。J&J 基金就是为了扶持这样的项目，从 baby 开始慢慢长大，成长到一定程度才放手。这样的'幼儿园模式'决定了扶持的项目数量不会多，但成功率很高。"

2010 年，J&J 基金首先在上海和无锡投资并创立了西比曼生物技术公司。李成认为中国在新一轮生物医疗技术革命中有巨大潜力，如果将世界领先技术引入中国医疗行业，在中国完成临床转化和快速产业化，将拥有得天独厚的优势。2014 年，他引入中国并孵化 4 年的专注于细胞生物治疗临床应用研究及技术服务的西比曼生物，在纳斯达克主板敲钟上市。

与此同时，2011 年、2014 年李成分别在上海和北京投资创立 WA 臻景医疗中心，致力于以新医学理念医治肿瘤、心脑血管疾病、糖尿病、退行性关节炎等疾病，并向患者提供抗衰老医学诊疗服务。2015 年，WA 臻景医疗被爱康国宾并购。

期间，李成还投资了渔歌医疗、国科健康等，以期探索医学领域的互联网实践及生命健康管理。

李成对新医学的理解还有另外一层极为重要的含义，即运用新技术和新方法及时发现潜在的健康问题，在早期对疾病作出诊断以实现未病先知。2017 年，他投资并创立了莱盟集团（Laboratory for Advanced Medicine & Helio Health Group，LAMH）并出任董事长，专注于癌症早期的检测及干预。

"甲基化技术满足了我对运用新技术及时发现潜在健康问题的好项目的理解和期待"

"我记得多年前时任美国总统奥巴马曾宣布要攻克癌症，当时为什么那么有自信？因为美国研究提出体细胞突变的癌症形成理论，如果把所有相关的基因突变都测出来，再做成靶向药，癌症不就突破了？基于这个逻辑，美国国家项目之一就是把癌症基因图谱在几年内都测出来，很多公司也参与其中。但我一直认为 95% 的癌症是后天生活方式导致的，与基因突变的关系不如表观遗传与后天行为方式更相关。"

2012年，美国加州大学圣地亚哥分校（UCSD）人类基因组医学研究所在《细胞》杂志上发表了一篇文章，他们将血液里的表观遗传与人体衰老及相关疾病联系起来，这篇文章引起了李戍的注意。

李戍找到了该研究所所长张康教授。张康是国际著名美籍华人科学家，从2008年就开始研究甲基化技术，2015年开始开展甲基化技术在癌症领域的应用，并在世界上首次完成了ctDNA中特定位点的甲基化分析。

癌症的形成需要长期的过程，在细胞刚发生癌变还没有形成癌灶之前，会在体液中产生游离的"破坏分子"。液体活检通过非侵入性取样，如提取患者血液、唾液、尿液等，利用高通量测序技术过滤、捕获或富集体内肿瘤细胞的基因组信息，进而找出癌症的蛛丝马迹。

液体活检的四种主要肿瘤来源的生物标志物分别是循环肿瘤细胞、ctDNA（循环肿瘤DNA）、外泌体和循环RNA。目前，临床应用广泛集中于对ctDNA的研究。

肿瘤在人体内不断有细胞生长和死亡，在肿瘤细胞坏死或凋亡过程中会释放自身DNA并进入血液循环，这些在人体内流动的肿瘤DNA碎片就是ctDNA（循环肿瘤DNA）。因为ctDNA侧重基因层面，易于获取突变信息，较适用于癌症靶向药物治疗伴随诊断指导。

肿瘤初期会发生肿瘤抑制基因甲基化水平升高或原癌基因甲基化降低的现象，因此，甲基化模式的改变被认为是最先能检测到的与肿瘤发生密切相关的恶化指标。相较于传统检测和以ctDNA突变技术为主的中晚期肿瘤伴随诊断，无创ctDNA甲基化液体活检技术能够更早、更精准地发现肿瘤的存在。不同甲基化位点对不同肿瘤具有特异性，比如肝癌、肠癌、胃癌的甲基化位点都不一样，因此只要找到甲基化位点这一"特异指纹"，液体活检就能够找到不同癌症。

甲基化技术满足了李成对运用新技术及时发现潜在健康问题的好项目的理解和期待。"我决定做这个项目是基于我认为基因突变对癌症的发生、早期诊断与治疗有很大的局限性这一判断，日后的事实也证明了这一点，现在没有人敢说他们能攻克癌症了。"

2017 年，李成把张康教授的甲基化技术全部并购过来，共同致力于甲基化技术应用于癌症早期检测。仅仅一年后，甲基化技术异军突起。现在，在早癌筛查和诊断领域，甲基化技术已炙手可热。

张康教授及其团队作为世界上最早开展甲基化与癌症研究的团队，与中山大学附属肿瘤医院、空军军医大学西京医院、四川大学华西医院等合作，在无创 ctDNA 甲基化肿瘤早筛早诊方面取得了两项重大突破。他们揭示了 DNA 甲基化可作为四种常见癌症——肺癌、结直肠癌、乳腺癌、肝癌的重要标志物，且检测准确率达到 95% 以上（相关文章发表在 *PNAS*）。

另外，他们对涵盖 20 余种癌症的 30 万份血液样本（其中超过 3 万份用于开发肝癌）进行了大规模大数据生信分析及机器学习，经过反复摸索和验证，从权威的 TCGA 肿瘤基因组图谱数据库的 48.5 万个甲基化位点中，筛选出与肝癌发生密切相关的 DNA 甲基化位点，并在接近 2000 例肝癌患者和正常人群验证了其准确性的肝癌早诊模型，解决了从极微量的血液游离 DNA 中检测肝癌特异性的甲基化改变的国际性难题（文章发表在 *Nature Materials*）。

张康教授早在 2012 年发表的那篇论文还带来另一个结果：因 UCSD 在基因、生物技术研究领域的超强研究能力，李成并购了 UCSD 的所有甲基化相关技术，拥有了关于甲基化与癌症关联的世界上最早、最广、最多的专利，并以此形成莱盟集团的专业基础。

莱盟集团创立至今融资已超过 10 亿元人民币，专注于通过简单抽血将早期癌症检测商业化，并同时在中美两地进行研发、生产、报批、实验室及商业化落地。莱盟的一个核心企业文化及战略是以小博大、四两拨千斤，仅用业界相对很少的资金在中国及美国各创立了其先进的甲基化癌症早筛公司，并在各自市场占有领先地位。

美国实体 Helio Health，总部位于加利福尼亚州尔湾市（Irvine），并在美国印第安纳州设有 CLIA & CAP 认证实验室。中国实体莱盟（LAMH），总部位于北京经济技术开发区，在广州生物岛设有符合 PCR 及 NGS（高通量测序）的第三方医学检验实验室（ICL），在广州科学城设有通过 NMPA 体系考核的 IVD（体外诊断产品）GMP 工厂。

莱盟集团肝癌检测产品已于 2019 年初获得美国 FDA 突破性医疗器械（Breakthrough Medical Device）认定，并即将获得全球肝癌 ctDNA 甲基化检测领域首张 IVD 证书，预计 2022 年获得美国 FDA 审批的全球首个早筛证（肝癌）。莱盟具有包含 20 多种癌症的国际最早最广的甲基化专利群，还参与了国家癌症中心带头承接的科技部癌症筛查重大项目，产品在中国及美国均已于 2021 年第 4 季度进入市场。

"未来，莱盟集团将继续致力于肝癌、结肠癌、乳腺癌和肺癌等疾病的早期检测。任何一个新兴行业在初期都会有很多参与者，但可以肯定，会越来越少。癌症早筛这个领域市场足够大，可以容得下几家公司，莱盟集团一定会是其中之一。但最终还是要回到我做这件事的初心，希望能真真正正帮助到不幸患病的人。如果癌症有一天能像糖尿病那样变成一个慢性病，那将是最好的结局。"

对话

宁静：莱盟集团在中美两地设立了独立运营的公司，这两大市场有哪些异同？

李戌：从政策角度讲，中国政府对癌症早筛支持力度非常大，甚至成为一个国策。因为癌症治疗的经济负担无论对个人、家庭还是国家而言都太高了，如果能早期发现，治疗费用就会少很多，也能减少疾病带来的系列问题。

从市场规模角度看，中国的人口基数决定了病例数很多。癌症早筛实际上是一个大数据行业，需要人工智能及医疗技术等多种专业综合起来，而大数据在中国应用肯定有优势。另一方面，中国患者人数多也意味着临床试验成本相对低，需要的时间也相对短。

从市场差异的角度考虑，中美市场有相同的一面，比如肠癌、乳腺癌都是大癌种，一个产品同时适用于两个市场。不同点也很多，例如中国消化道癌就偏多，像肝癌、胃癌、食管癌等远高于美国。以莱盟的第一个产品肝癌筛查为例，肝癌在美国患病率相对低一些，而中国有上亿人是肝癌的高风险人群，比如酒精肝、脂肪肝、肝炎等患者。肝癌的现有检测手段还不成熟，所以一般发现得比较晚，是临床亟待解决的问题，也是我们把肝癌作为首选的原因。

中美市场特点的异同导致两者有其独立性，但在一定程度上又有互补性。

宁静：目前国内外有很多从事早癌筛查的公司，无论现在还是未来，竞争不言而喻。您说莱盟一定会成为最后留下的几家公司之一，这个信心来自哪里？

李戍： 首先，在知识产权方面，莱盟有几个大专利系列，包括 20 多种癌症基因位点及其对应的甲基化位点。基于这个基础，任何一种癌症的早筛技术都可以被开发出来，并且有知识产权的保护。

第二，莱盟在中国及美国肝癌产品报批都具有领先地位。在美国，我们是唯一一个正在进行的 FDA 肝癌早期筛查的临床试验，FDA 的标准之严众所周知。在中国，我们也非常临近国家药品监督管理局 IVD 批准，至少早于其他同行 2~3 年。

第三，莱盟的肝癌产品现为美国唯一进入市场的早期筛查产品，也是进入中国市场最早的产品之一。莱盟产品管线及其技术平台包含了其他 20 多种癌症，具有巨大潜力。

第四，我们在中国及美国具有年轻有为的团队，分别在中美两国各自独立运营，既有合作又能互补。这个市场上的绝大多数竞争者，要么是纯美国公司，只在美国做；要么是纯中国公司，最多在美国有个 office。在中美两国独立运营，显然更利于产品进入两国市场，并在企业商业模式上有着一加一大于二的价值。

宁静： 一位业界投资人曾说，凡是做早癌筛查的公司，尽管现在聚焦于某个癌种，终极目标都将是做泛癌种，只有这样在早筛阶段才更有意义。这个观点很容易被大众理解，也因此获得了很多认同。您对此有何看法？

李戍： 我同意终极目标之一是泛癌。但要克服两点重要的挑战，一是怎样让现有的医疗系统接受，二是怎样能够做到经济及生命效益的平衡。

以美国为例，美国的医疗总体比较成熟，美国医生诊疗时的依据是医学院教给他的知识及医生手册或指南。你会发现，现有的医生手册或指南都指向单癌种，比如，某些人习惯抽烟，那么患肺癌的概率就会高；某些人是老肝病，他肯定患肝癌的风险更大。

每个癌种都有医学定义的相对高风险人群，医生指南就指导医生对这些人必须采用某种诊断方法，按时做监测，医生按照规范操作后，美国的保险公司肯定是保的。如果你有一项新技术比现有的准确度高、灵敏、价格还便宜，那获得 FDA 的批准就很容易。不难理解，这是一套系统。

目前美国最成功的早癌筛查公司是 EXACT SCIENCE（精密科学），整个公司只有针对肠癌的一个产品，年销售额约 10 亿美金，市值约 250 亿美金，却只占肠癌筛查市场份额的百分之几。你可以想象这个市场有多大。

假如你的产品是针对泛癌种，对产业化的挑战来了：第一，FDA 初次审批类似应用；第二，医生教育难度更高；第三，保险公司要摸索新险种模型。

此外，泛癌如何定义风险人群也是一个挑战。定义太广，无法满足医疗经济学的要求，太窄了又达不到普查的目的。单癌种就是谁患病的风险高就检测谁，从经济学角度，保险比较容易覆盖；而泛癌种需要在健康人群中检测，可以预期检测结果大多数都没事。这个成本有多大？谁来负担？

所以，对这个问题我的答案是单癌种及泛癌筛查两者并不互相抵触，而是各有利弊，各有用途。

此外，莱盟的技术平台应当有更广泛的应用，比如单癌及泛癌的早期筛查、治疗指导、疗效评估、复发跟踪等全过程应用。

宁静：有一个问题可能您已被问过多次：一个人创业成功一次就已经非常艰难，您多次创业而且每次都成功，是有什么秘诀吗？

李戌：秘诀倒没有，但有几个体会可以分享。

首先要有 passion（激情），也就是你对某方面特别有兴趣。当你特别关注某方面，结交的朋友很可能都在这个领域，老天爷就会给你更多的机会。看似偶然，但如果没有 passion，机会来了也不一定能看见。

第二是谨慎。开始任何项目的时候都要特别小心，因为做新项目的失败概率太大，所以要谨慎评估自己的优劣势。我看一个项目一般要花两三年的时间才能下决心去做，而不是一看就做。

第三是坚持。创业确实很难，有了 passion 才可能有韧性去坚持，因为遇到挫折和压力是必然的。你的心态是把创业看作一个过程和乐趣，还是把它当成一次痛苦的磨炼和煎熬，结果也会不同。

最后是机缘，天时、地利、人和也很重要。

另外，特别提一点，创业时资金始终是一个大问题。解决资金问题无非两条路：一是用很少的外部资金，自己会非常费劲，但如果成功回报也会非常大；另一条路是创业早期就把金融大鳄捆绑进来，有了充足的资金做事会顺畅很多，但你要清楚，金融大鳄不是为了给你做贡献而是要高额回报。每一个选择都不是绝对的对与错，但它决定着你将来的体验。

宁静：在多次创业过程中，您遇到过的最大挑战是什么？

李戍：虽然我创业还没有失败过，但也经历过好几次在死亡的边缘。有时是技术遇到特别大的挑战，完全不知道还能不能解决；有时是资金断了，给员工的工资快要发不出了。

我记得看过一段马斯克接受采访的视频，记者问他的具体问题我忘了，但我记得他讲述时在掉眼泪。我相信大部分创业成功的人，无论今天看起来有多辉煌，都经历过死亡的考验，只不过浴火重生罢了。

宁静： 您多年前已经创业成功，本可以功成身退，而今依然在创业，创业带给您的满足感又是什么？

李戍： 我这种人可能没福气去享受休闲。JAZZ成功后我休息了大半年，期间投了一些房地产，但总觉得没有满足感。我觉得人生就是一个过程，始终需要有使命感和责任感，否则即使再富有、再舒适也不会满足。

其实我很享受创业的过程。我曾在大公司做高管多年，大公司里人浮于事的"办公室政治"我深有体会。创业虽然艰难，但我是自己的BOSS，可以决定自己想做的事。只要所做的事对社会有意义、有价值，即使过程中时不时要经历失望和沮丧，我还是喜欢创新和挑战的感觉。那种体验，不是一份稳定的工作能够替代的。

当然，作为一个企业家，所谓的成功是对最终结果的一个考量。我对结果很看得开，因为谋事在人、成事在天。

宁静： 假如能够再回到从前，您期望做出哪些改变？会坚守什么？

李戍： 我属于开智很晚的人。如果开智早或者有人指点，如果可以重新选择，我可能一毕业就创业，而不是去做科学家、教授，给大公司打工，辗转半导体、航空航天、生物医疗等。但这也是非常矛盾的心理。我的经历是命运所致，能证明我可以做一个很好的科学家，能在世界50强、500强企业做到最高层，能适应非常不同的商业赛道，能连续创业，这也是人生不可多得的经历。

现在不会再像初入社会时一样了。我期待尽力做好莱盟，因为莱盟是目前机会最大、社会意义和潜力最大的事业，我会长期去做。

我也会继续关注抗衰老。现在越来越多的人开始关注抗衰老，大家追求的不一定是活得有多久，但一定要活得年轻、有质量。我对延缓衰老的理念是正常人长一岁、我们最多长半岁,这是绝对可以做到的事。当然,这里面涉及的技术很多,需要我们做的事也还有很多。

我从道学学习到很多做人、做事的教义。老子说:天之道,损有余而补不足,是故虚胜实,不足胜有余。其实人生就像海浪,时有高低,老子的话在强调一种平衡,也时刻提醒我:成功时不要得意忘形,失败也可以转败为胜。

(采访时间:2021年12月)

访谈后记

（2023 年 1 月）

我的手机里一直存着与李成先生沟通和修改访谈录初稿的微信对话记录，2021 年 12 月 31 日下午至 2022 年 1 月 1 日凌晨，就一小段文字反复沟通过多次……我已不记得一年前的新年夜是这样度过的。之后的连续几天，我的手机总会在凌晨 2∶00 左右震动，因为时差的缘故，我知道那是他对访谈录文稿修改的回复。

见微知著，严谨、勤奋已经成为他刻在骨子里的品质，再加上智慧与谦逊，这些品质造就了他六次创业成功的传奇。

总有人问我：你采访了那么多成功人士，他们是否有着某些共同的特征？其实答案不言而喻：那些被大多数人认可和赞美的品质就是他们的特点，而且这些品质已经成为他们不可分割的一部分。

好书荐读·李戍

我一直爱读书,之前读过的好书太多了,推荐几本最近刚读过的书:

Life After Google,by George Gilder

这本书展现了即将到来的工业革命将取代现在的巨头科技公司,如脸书、谷歌等,因为他们的商业模式不可能适应新的环境。我认为很值得关注科技创业的读者一读。

The Mystery of Banking,by Murray N. Rothbard

如果希望了解金融是如何运行的,比如货币、银行、央行、利率、汇率、政府预算、赤字、经济规律等,我觉得这本书是写得最好的读本。

The End of Alzheimer's,by Dale E. Bredesen

我现在从事攻克癌症的事业,希望采用人工智能、大数据、基因遗传学、表观遗传学、肿瘤临床医学几大技术领域的创新来综合诊断早期癌症,以便能早期治疗,使癌症成为不再威胁生命的疾病。除了癌症,人们最害怕的疾病应当是阿尔茨海默病,这也是不治之症甚至可以导致家破人亡的疾病,也是我感兴趣攻克的另一个疾病。这本书试图推翻现有的有关阿尔茨海默病机理的理论,提出了新的理论及诊断治疗方法,并给出大量临床数据证明其有效性。我推荐关注阿尔茨海默病领域的读者阅读。

连续创业者

王立群

星奕昂（上海）生物科技有限公司创始人、董事长兼首席执行官。中国科学技术大学细胞生物学学士，美国马里兰大学巴尔的摩分校分子生物学博士，辛辛那提萨维尔大学工商硕士，美国国立健康研究院（NIH）博士后。

他曾任复星医药产业公司副总裁兼首席技术官，负责集团干细胞平台的建设；复星凯特生物科技公司CEO，在不到三年内完成中国首例CAR-T产品的技术转移、注册临床、生产报批和上市申请。曾任西比曼生物科技公司首席运营官，主持管理公司运营、细胞治疗产品的生产、药理和临床研究并兼任干细胞事业部总经理。

他曾在跨国公司重要管理岗位上任职近20年，曾任GSK中国研发中心资深总监和运营负责人；阿斯利康中国创新中心战略合作和项目管理总监；BMS美国研发中心研发项目管理副总监；宝洁制药美国研发中心团队负责人和资深科学家。

王立群：激情让我再出发

我特别享受现在创业的过程，如果换作其他任何一个赛道，都不会让我比现在更有激情。可以说，我正在做的就是最让我有激情的一件事。

——王立群

"城市积淀的精致生活，有时就是如此轻易地败在一根寻常的小葱里"——采访那天正值四月中旬，看到吕明方先生的这篇随笔，不禁有点顾虑，早先预约在线访谈的嘉宾正身处上海（2022 年 4 月，上海因疫情封控），不知会不会临时取消？即使能如约采访，此时还是否愿意在线长谈？

"不少朋友自己所住的小区一解封，就到处联系关心其他朋友，询问是否需要帮助送菜买东西。我被好几位朋友问到，很受感动，特殊时期有很多平时感觉不到的温情。我们今天的访谈幸好安排在晚上，白天说不定什么时间就被叫去测核酸啦……"

我们的访谈在这样的对话中开始，他温和的语气让我的疑虑几乎在瞬间消失。在线采访从晚上八点开始持续了两个多小时，我多次问及多年前发生的某段经历的细节，他都不假思索地一一翔实讲述，几乎没有一点点顾虑及长时间交谈的疲惫。

"回顾过往从求学到职业生涯的经历，如果能重新来过，您希望改变哪一段经历？"我问。

"做药是一个极其漫长的过程，没什么捷径可走，我花了三十年的时间去学习和实践是必须的，没有什么阶段可以跳过去。对我而言，前面所有经历的阶段都是小考，创立星奕昂生物才是一场真正的大考，我需要把以前所有考过的东西整合在一起，为这场大考交上一份满意的答卷。我特别享受现在创业的过程，如果换作其他任何一个赛道，都不会让我比现在更有激情。"

"我对细胞药的激情可以追溯到 30 多年前的求学选择"

星奕昂英文名为 Neukio，"星"意为冉冉升起的新星和"新"一代细胞药物，"奕昂"音同英文 IO（immuno-oncology），意即专注于肿瘤免疫治疗。"让活细胞药彻底消除癌细胞"是王立群为星奕昂设定的企业愿景，他对细胞药的激情甚至可以追溯到 30 多年前的求学选择。

1978 年，王立群考入中国科学技术大学（以下简称中科大）细胞生物学专业。当时流行一句话——21 世纪是生命科学的时代，所以国内最顶尖的大学，无论中科大还是北大、清华，生物系的录取分数都是最高的。

"现在看来学习生命科学专业好像很有前瞻性，其实当年我只是对那句话特别相信。细胞是生命的最小单元，人类从一个个受精卵开始经过不断分裂、重组，形成各种组织和器官，最终成为各不相同的人，这是一件非常神奇的事情，激发了我对生命科学的好奇和兴趣。过了这么多年，如今我又从最原始的细胞角度做创新药，这真不是能预先设计出来的。"

因为在校成绩优异，王立群被中科大指派作为首批学生赴美读研究生。中科大和美国马里兰大学是姐妹学校，当时马里兰大学的几位教授正在中科大短期授课，王立群就找到其中一位教授说想到马里兰大学读研。

"当时我没有准备任何申请资料，我们只是简单地交流，没想到他就承诺帮助我。那个时候赴美留学申请闻所未闻，我们第一批出去的学生都不知道到哪儿去换报名所需要的美元，后来整个申请流程包括报名费都是那位老教授帮我弄的。"

那一年，中科大原本只有一个公派赴美名额预算，因为王立群和另外一个同学先拿到了美国大学的资助，公派资助名额就给到了第三个同学。

"我们三个人分别来自生物系、物理系和计算机系，现在回想，当时学校是专门挑选了比较新兴的学科，应该是有比较长远的打算。"

1983 年，王立群远赴美国马里兰大学巴尔的摩分校攻读分子生物学博士学位，毕业后进入美国国立卫生健康研究中心（NIH）做博士后。

"我认为生命科学研究跟人类健康事业连接起来才有意义"

走出 NIH，王立群面临很多选择。早期出国的留学生一般都会选择到大学做教授，但王立群觉得生物学专业应该跟医学结合起来，生命科学研究应该跟人类的健康事业连接起来才有意义。在 NIH 做博士后时，又进一步加深了他的想法。于是他就去了解制药企业，最终选择进入宝洁公司。

"宝洁公司在美国做得很大，该公司股票是美国道琼斯指数 30 只成分股之一。宝洁的日化产品服务于大众，其产品虽然成本不高，但因为其终端售价也不高，所以利润率就不高，但华尔街对宝洁的增值期望很高。几乎家家户户都购买了宝洁的产品，能做的已经都做了，持续增长点从何而来？要想提高利润率，宝洁必须寻找新的方向。"

20 世纪 80 年代，宝洁为此成立了有别于传统业务的制药部门。1994 年，王立群进入宝洁公司，此时已经分工很细，他被分到刚刚成立的分子生物学实验室。

"做药物的早期开发得从分子生物学做起，比如筛选靶点、确认靶点与哪些生物通路或活性相关，通过研究这个关系再预测生物活性的特点，或者观察其与临床上哪些疾病相关，这样把整个研发链条搭起来。我有机会参与了药物早期发现的全过程，相当于从头学了一遍。"

在宝洁工作三年后，王立群对研发管理产生了兴趣，就萌发了读 MBA 的想法。此时他的上司也发现了他在管理方面的潜力，于是宝洁出资，王立群利用工作之外的时间攻读了当地的美国泽维尔大学的工商管理硕士。

在宝洁工作的十年间，王立群一直专注于新药研发生命周期的 discovery（发现）阶段，越是深入其中，他就越感觉到做新药的模式对效率的决定性影响。

"因为新药研发需要的时间很长，失败率又很高，如果想要顺利研发出一种新药并成功上市，单靠从早期发现阶段开始一步一步做，恐怕要很多年。一旦某个环节失败，前面所有努力就全都白费了。我这一辈子要想有一天能自豪地说'这个药是我做的'，可能面临非常大的不确定性。所以，我觉得有必要横向增加成功的概率。"

"我的职业经历也沿着新药研发周期的一个个环节不断向下游延伸"

2004 年，BMS 为王立群提供了一个衔接临床前研究和临床试验的项目管理新职位。

在大药企，临床前研究和临床试验分属两个部门，而这两个环节实际上往往是脱节的，如申请临床试验前要根据临床前的实验数据指导临床方案的制订，而制订临床方案的人员因为没有参与临床前研究而不得不从头了解和学习，很多项目因此浪费了很多时间。

如果王立群接受这一新职位，就意味着研发中心的所有临床前项目进入临床试验前都要经过他，他就因此有机会用相关数据去推进申报临床批件 IND。

"IND 的数据包并没有一个标准清单,很多时候要根据具体项目来判断可能存在的风险及相应的支持数据,然后再跟相关研发人员沟通是否需要增加数据。我觉得这个工作内容很有价值,就决定加入 BMS。事实证明,这段经历让我学到了很多,我的职业经历也沿着新药研发周期的一个个环节不断向下游延伸。"

在 BMS,王立群积累了大量新药研发项目管理经验后,开始不断反思个人的价值。

"在美国有很多像我这样的人,甚至很多人比我强。而当时的中国,真正做创新药的很少,如果回到国内,我能做的事更多,我的价值也会得到更大的体现。"

王立群随即给 BMS 高层提出建议,希望他们到中国建立新药研发中心,这个建议却因在中国和印度之间的选址问题而被一度搁浅。当时 BMS 负责研发的副总裁是印度人,最终决定在印度通过 CRO 做亚洲的创新研发。

已经打定主意回国的王立群,却心有不甘。

"我选择跨国公司中国研发中心作为回国第一站"

当时正值 21 世纪初,有几家跨国药企陆续宣布要在中国做新药研发。于是王立群找到阿斯利康,最终以阿斯利康中国研发中心初始团队成员之一的身份回到了中国。

那一年,他离开中国已经整整 24 年。

2007 年,阿斯利康正式选址在上海张江建立研发中心,并定位于转化医学,在新药研发生命周期的环节上,王立群因此比原来又向后端延伸了一步。作为初始团队成员,王立群参与了很多战略性的工作并负责中国所有对外合作业务。除研发项目管理之外,他还负责阿斯利康在亚洲(包括日本、韩国、新加坡、中国香港四地）建立临床战略合作伙伴。

在阿斯利康中国研发中心工作四年，王立群做了几件"直到现在都觉得很自豪的事"。

阿斯利康全球研发部门有多种靶向治疗药，中国研发中心负责从中找到对中国患者有效的药。阿斯利康最成功的靶向药就是第一代靶向药易瑞沙，很少有人知道，第二代泰瑞沙的成功在很大程度上源于中国研发中心的坚持。

"易瑞沙做完靶向治疗后会产生一定程度的耐药，也就是靶基因发生了突变，当时总部担心易瑞沙耐药后患者数会越来越少，相对于研发投入的高成本，可能不值得再去研发第二代。我们认为第二代药其实并不需要从头做起，因为做第一代易瑞沙时做了大量筛选，耐药突变后原来那些被筛掉的可能又会有效。后来，对新突变有效的候选药的寻找和验证成就了第二代靶向药泰瑞沙"。

另一件令王立群"值得自豪的事"与和记黄埔有关。

李嘉诚的和记黄埔最初计划从中药中提取有效成分，但结果不太成功，杜莹加入后开始跟进研究当时全球很热门的几个靶点。

"杜莹在国内做得比较早，我想经过了7～8年的时间应该有一些结果了，所以2009年就去沟通交流，结果发现了两个非常领先的靶点，即VEGF和c-MET。c-MET跟阿斯利康的研究有一定的契合度，我们就做了技术尽职调查，把它推荐到阿斯利康总部作为license-in（授权引进）项目。那是中国公司第一次向跨国药企license-out（授权转让），具有里程碑式的意义。c-MET转让后没多久，VEGF被礼来买走。现在这两个药，一个获批上市，一个在等待上市的审评，和记黄埔因此进入跨国药企的视线。"

阿斯利康中国研发中心主要做抗肿瘤药，但英国总部的肿瘤研究大本营有几千人，这使得中国研发中心在全球产品管线上的战略定位有局限。

同一时期跨国药企在中国做研发的定位各有不同，GSK 就把中国研发中心作为全球不可缺少的一部分。GSK 在全球定义了五个主要研发领域，神经科学的药物研发全部放到中国，这样的定位让中国研发人员可以全身心地投入。

"当 GSK 中国研发中心的负责人邀请我加入时，很显然这个平台更接近我的期待，所以就决定加入 GSK。"

王立群进入 GSK 时，中国研发中心已将近 400 人，是当时国内最大的跨国药企研发中心。王立群在这样规模的团队负责中心运营，四年时间积累了丰富的管理经验，为他后续创业和全面管理公司也奠定了基础。

"细胞治疗再度激发起我的兴趣"

"我在跨国药企的研发中心工作了近 30 年，是不是该接触和了解更多国内企业？小分子、抗体药我已经都做过，还有什么新领域能够激起我的兴趣？"

2015 年，应西比曼生物技术公司 CEO 曹卫邀请，王立群决定加入西比曼做 COO（首席运营官）。2010 年，西比曼由海归投资在国内创立，专注于细胞生物治疗临床应用研究及技术服务，虽然规模不大，但西比曼在当时是中国唯一在纳斯达克上市的细胞治疗公司。相对于其他国内企业，西比曼不是家族企业，没有很长的历史，王立群觉得西比曼的企业文化更接近跨国企业，也更适合自己。

"西比曼以干细胞研究为主，后来也做免疫细胞。刚去的时候我有点担心，因为那时已经有好多人在赚细胞治疗的钱，比如打一针干细胞，有人说能增强免疫力，有人说能美容。投资人可能会觉得干细胞明明可以这样赚钱，为什么还要去花钱做药物研发呢？巧合的是，半年后发生了轰动一时的魏则西事件。"

魏则西事件发生在 2016 年，是一场轰动网络的医疗事件。大二学生魏则西因患有滑膜肉瘤（恶性软组织肿瘤）通过百度搜索找到武警北京市总队第二医院进行生物免疫疗法，2014年至2015年花费二十多万元先后进行了4次治疗，但未能如愿，最终病逝。事后百度推广及"莆田系"医院被曝光成为全民关注的焦点，生物免疫治疗也因此被监管机构叫停。

"很多人认为这是对细胞治疗行业的一个沉重打击，实际上当时很多产品并没有严谨的临床验证试验，跟患者推销时又夸大其词，魏则西事件就属于过度宣传欺骗了患者。后来国家叫停了细胞治疗作为第三类医疗技术，禁止收费治疗，细胞治疗的临床研究演变成为双轨制。魏则西事件发生后，一批细胞治疗企业消失了，另一批转向做CAR-T（嵌合抗原受体T细胞治疗），这也是中国在2016—2017年突然冒出那么多CAR-T企业的原因。因为之前不受监管，这些企业的设施和管理达不到GMP的要求，所以我们后来决定做CAR-T的时候，虽然已有上百家企业，但我还是很有信心。"

西比曼做细胞药研发的同时期，美国凯特生物在这一领域已经领先。当时细胞治疗在中国还没有一个真正的产品，王立群虽然做了多年新药研发，但感觉在细胞药这个领域如果完全自己做会非常艰难。考虑到当时国内监管还是空白，所以决定尝试引进国外产品。

"我飞到美国去跟凯特生物谈合作。谈了两轮后突然被告知停止洽谈，因为他们决定与另外一家中国企业进入实质性合作阶段。谁知半年后，我又与他们再续前缘。"

"得知中国首个自体CAR-T获批的那一刻，我如释重负"

当年与凯特生物谈合作的另一家中国企业是复星医药。王立群与凯特生物谈合作无功而返。仅仅半年后，复星医药找到王立群，邀请他加入复星医药与凯特生物的合资企业复星凯特做CEO。更为戏剧性的是，凯特生物与复星医药谈合作时提出合资企业CEO必须得到凯特生物的认可，没想到复星医药推荐来面试的 CEO 人选正是曾经给他们留下极好印象的王立群。

"我当时感觉这是一个很好的学习机会，便接受了邀请。后来才了解到复星凯特曾担心因为'竞业限制'而无法邀请到我。西比曼当时并没有该约束，也是在我离开之后才开始意识到并执行全员'竞业限制'。"

2017 年，王立群从一个人开始组建团队，一边装修、一边招募技术人员到美国凯特生物去学习，六七个月后就完成了装修和技术培训，启动产品的技术转移。

为了让国家药监局药品审评中心全面了解 CAR-T，王立群花了大量时间与 CDE 沟通，他甚至邀请多位凯特生物高层第一时间来中国为 CDE 讲解产品在美国的申报材料和情况。

"其实那时凯特生物也刚刚向 FDA 申报，获得批准之前一般是不会对外讲的。但我极力说服凯特生物高层来中国，因为要想在中国做成功，必须尽早跟监管部门沟通，只有让他们知道什么是真正的风险、什么不是风险，后期的批准才能成为可能。"

按照标准，复星凯特独立生产了 9 批 CAR-T 样品，每一批都合规。复星凯特成立一年就向国家药品监督管理局申报 IND，在申报企业中排名第十三位，正式获批时名列第五，三个半月后 IND 临床试验入组第一位患者时已名列第一。到最后申报上市申请，距离复星凯特成立的时间仅仅过去了 2 年 10 个月。

最终，审批过程用了整整 16 个月。王立群利用这段时间构想商业模式、制订商业策略、组建商业团队，直到现在，复星凯特仍然沿用了很多他最初制订的商业策略。

"其实我从来没有接触过任何商业化的工作，为什么亲自制订商业策略？因为自体 CAR-T 是个体订制式产品，商业运作模式跟传统药肯定不同，我没有商业化经验反而没有传统模式的束缚。自体 CAR-T 需要在定点医院进行治疗，因为治疗周期比较长，我们的作用就是解决除临床治疗之外的所有问题，是一种服务，不需要销售团队。所以我们的运营服务专员就整天驻扎在定点医院，完全有别于传统的药品销售模式。"

2021 年 6 月 22 日，由王立群亲自领导开发的中国首款 CAR-T 细胞治疗药物获得国家药品监督管理局上市批准，这是中国首款获批上市的细胞药物。至此，王立群完成了新药研发生命周期整个产业链的学习和实践。

"这个过程让我很有成就感。我们的第一个自体 CAR-T 产品也是真的好，接受治疗的患者基本都是现代医学束手无策的患者，生存期大概 3~6 个月，但如果患者对我们的治疗有响应，临床数据显示近 40% 的患者能存活 5 年以上。一般抗肿瘤药的作用是减缓肿瘤的进展，让患者带瘤生存，而我们的产品能让肿瘤细胞消失，患者完全是健康人的生存状态，意义非凡。"

但王立群也意识到，自体 CAR-T 为血液肿瘤患者带来希望的同时，弱点也非常明显。

首先，目前 CAR-T 主要应用在血液肿瘤治疗上，在实体瘤应用上仍没有有效的产品。据统计，世界上 90% 的癌症都是实体肿瘤，只有 10% 是血液肿瘤。

第二，制备时间长。复星凯特自体 CAR-T 制备时间是 10~17 天（含质控 7 天），制备成功率达 99%，但末期肿瘤患者的病情进展瞬息万变，十几天的等待时间可能就来不及治疗。

第三，成本高。私人订制高度个性化，工艺难把控，制备成本很高；自体 CAR-T 在临床上的副作用如细胞因子风暴、神经毒性，决定了患者在整个治疗过程中需要住院至少 2 周，又增加了费用，很多患者因为支付不起而放弃治疗。

"我们能否做出让大多数患者获益并且用得起的产品呢？美国凯特生物有很多好产品，复星凯特可以一直做技术转移，短时间内不太可能舍弃近在咫尺的商业利益转而从零开始开发新药。但我希望能有机会做出一个理想中的完全创新的细胞药，那样才更有意义和价值。"

"如果我不做创新细胞药，既浪费了资源又辜负了时代机遇"

王立群为理想中的细胞药设定了三个标准：第一，通用型；第二，可以量产化；第三，最好能治疗实体瘤。这些标准意味着巨大的技术变革。实际上，做通用型细胞药有很多不同的技术路径，王立群想要尝试的技术路径充满挑战——退回到干细胞，从多能干细胞开始起步。

想要做创新，首要的是获得资金支持。王立群把思路讲给投资人听，得到的反响很不错。

"中国投资人喜欢投'人'，他们可能并不很懂技术，但只要我把思路讲清楚，我多年的职业经历让他们感觉我比其他人在这个领域成功的概率可能更高些，所以就愿意投我。这也让我感觉到做成通用型细胞药成为一种使命，如果我不做，既浪费了资源又辜负了这个时代机遇。如果大家都不去做，中国就不会有下一代细胞药。"

2021年6月，王立群在上海自贸区生命科学产业园正式创立星奕昂生物，专注于iPSC-CAR-NK技术路径的免疫细胞药物的研发和产业化，以最终产品具有通用现货型、可量产化、能治疗实体瘤为目标，通过自主创新和与全球先进技术和产品合作引进相结合，致力于为肿瘤患者提供可及的有效治疗手段。

星奕昂成立两个月后即获得4 000万美元天使轮投资，由礼来亚洲基金领投，IDG资本和夏尔巴投资跟投。9月研发实验室即建成并投入使用；10月完成首批 iPSC 细胞株入库，12 月研发生产一体化中心建成并启用。除此以外，星奕昂还与百奥赛图、序祯达、思拓凡、博雅辑因、美天旎等公司建立了战略性合作，并与赛默飞合作共同建立免疫细胞治疗药物创新工艺联合开发实验室。

"未来的细胞治疗一定会出现在异体通用现货产品的开发和应用方向上，因为它既能提供临床价值，又能更接近传统生物药的生产，既便于监管和应用，也便于商业化应用。我们的创新药一旦成功，必定要走向全球市场。"

对话

宁静：您刚才谈到，过往的职业经历让投资人感觉您比其他人的成功率可能更高些。从科研思路的角度，如何提高创新药的成功率？

王立群：科研思路无论对提高创新药的成功率或进展速度都至关重要。以通用型细胞药为例，我们专注平台技术建立先于产品开发，所以研发思路肯定不止一个。我把研发团队分成不同小分队或小组，每个小组去尝试一个具体的想法，目标非常清晰。如果 4~5 个不同的思路平行推进，成功概率就会增加，如果采用序贯性的方法做就很耗时间。

比如 iPSC 需要对某些基因进行编辑，以降低异体排斥反应。如有三个不同的假设，即基因 A 需要被抑制，基因 B 或 C 需要被增强，这三个解决异体排斥反应的思路就由不同的小组分别去试。同样，如何克服细胞进入肿瘤微环境后的抑制？如何让活性变得更强？假设有 5 个不同的思路，就由 5 个小组分别去试。

虽然不能保证每个都成功，但我相信敢于去尝试，总会有新的发现。当然，提高创新药的科研思路也需要不断更新知识。

相对于成熟的药品种类，目前细胞治疗有更多的创新可能性。抗体药的制备工艺已非常成熟，只要明确一个靶点，很多企业都能制备出有效结合这个靶点的抗体药。所以，他们最大的创新点在于靶点和适应证的选择。如果不去做别人没做过的靶点，就容易产生 me-too。

如果一个企业这样做还不要紧，如果十个甚至上百个企业都这么做，最后的结果是什么？无非两种可能：如果某靶点有一定的临床验证数据，就会出现一大批企业都在做一样的东西，这种"内卷"的后果就是大家都无利可图。如果这个靶点不能成药，大家就无一幸免。

有时候我在想，业内最残酷的可能就是不敢去尝试做新靶点而导致成功率非常低。所以，我们要做源头创新，细胞治疗除靶点要创新外，还没有成熟的工艺，几乎每一个环节都需要创新，也只有这样才能真正领先。

宁静：2021年6月，您带领开发的自体CAR-T产品在国内首个获批，几乎同一时间您创立了星奕昂，为什么选定iPSC-CAR-NK这一技术路径进行通用型免疫细胞药物的开发？

王立群：最近两年做NK细胞治疗的研发很热门，实际上做法大有不同。最原始的方法是从健康人体的外周血抽出已经分化的NK，扩增到足够量再输回体内。第二种方法先进一点，抽出外周血分离成熟的NK后加上一个CAR变成CAR-NK。我们正在做的是第三种——iPSC-CAR-NK。

NK（natural killer cell，自然杀伤细胞）作为先天的淋巴细胞，是免疫系统中天然的第一道防线，来源于骨髓淋巴样干细胞。NK细胞是机体识别细胞恶变或病变的主要效应细胞之一，不同于T、B细胞，NK细胞无须通过预先的免疫激活或致敏就能识别并杀伤非自我的广谱细胞（包括肿瘤细胞和病毒感染的细胞），能一定程度上克服肿瘤组织的异质性，有潜力在实体肿瘤的广谱应用中取得突破。

NK细胞还能通过ADCC（antibody-dependent cell-mediated cytotoxicity，抗体依赖细胞介导的细胞毒作用）识别并杀伤特定肿瘤细胞。当前在肿瘤治疗中广泛应用的各种抗体药，很多疗效都因介导体内NK细胞对靶细胞的识别而起到杀伤肿瘤细胞的作用。

此外，NK 细胞不会杀伤正常表达 MHC（major histocompatibility complex，主要组织相容性复合体）的健康细胞，没有移植物抗宿主病（graft-versus-host disease，GvHD）。据报道，超过 30 项临床试验、逾 600 名患者接受过 NK 细胞类产品的治疗，没有观察到 CAR-T 所具有的细胞因子风暴和神经毒性副作用，无患者出现 GvHD，证明了 NK 细胞的安全性及异体应用的潜力。

CAR（嵌合抗原受体）是通过基因工程技术构成的人工分子，把 CAR 分子装载到 T 细胞上即得到 CAR-T，同理，将编码 CAR 分子的基因片段导入 NK 细胞或 NK 前体细胞［如 iPSC（诱导性多能干细胞）］中表达，再将这些细胞进行诱导分化、扩增可以获得 CAR-NK 细胞。靶向的 CAR-NK 可针对特定实体瘤靶点，疗效会更优，适应证针对性会更强，已经在多种肿瘤中进行了临床探索并获得了令人鼓舞的效果。

NK 细胞来源很广泛，如从患者或健康供体的外周血中提取已经分化好的 NK 细胞（PB-NK）、脐带血来源 NK 细胞（UCB-NK）、干细胞来源 iPSC 分化 NK 细胞、NK 细胞系等。然而，PB-NK 和 UCB-NK 数量较低，需要在分离后进行大量扩增，而终末分化细胞不适合反复扩增，同时又会受产品组分异质性的影响；NK 细胞系中最常用的 NK-92 细胞则是肿瘤来源。因此，开发标准化的 CAR-NK 同质产品只能通过干细胞分化成 NK 细胞进行扩增。其中，诱导多能干细胞（induced pluripotent stem cell，iPSC）或人胚干细胞（hESC）已被证明可行，尤其 iPSC 来源 NK 细胞推进得更快。

iPSC 用的是成体细胞，通过特定的基因表达人工诱导重编程而得到。iPSC 和天然的多功能干细胞具有相似性，都具有分化成各种细胞的潜能，相关研究已在 2012 年获诺贝尔生理学或医学奖。所以我们要做的是：在干细胞阶段获得足够的细胞量，然后把有效的基因编辑到干细胞里面，挑选一个最优的细胞复制，最后得到一个完全同质的细胞库。

退回到 iPSC 后就发现海阔天空。干细胞有分化成各种细胞的潜能，在没有分化之前可以无限扩增，这就使得细胞库可以做得很大，每一批细胞拿出来都可以去制备。只要来自同一个细胞库，制备工艺足够严谨，制备出来的细胞就相同。这样就更像传统药，质量更容易保障，监管也更容易。

使用 iPSC 获得符合 GMP 的单克隆干细胞同质种子库后，应用基因编辑和基因导入技术修饰细胞，可以被赋予更好的功能，这时就成为"超级 NK"。实际上我们在创造一个新的细胞种类，创造并验证后可建立同质化可量产起始细胞库，从中就可以制备出我们需要的 CAR-NK 产品。

宁静：今年 2 月有一则新闻报道，星奕昂与基因编辑领先企业博雅辑因启动战略合作。基因编辑技术在 iPSC-CAR-NK 技术路径中起到怎样的作用？星奕昂又如何体现自身的优势？

王立群：基因编辑技术应用于 iPSC-CAR 细胞的构建主要有以下几个方面：

第一，应用非病毒转导技术，通过对 iPSC 基因组的特定基因进行编辑，以获得更好的向 NK 分化的能力或活性，创新点在于编辑什么基因，如何把基因编辑元件导入细胞，如何准确控制基因编辑的效果，并通过测序鉴定获得理想的、实现了编辑效果的 iPSC-CAR 单克隆。

第二，与使用病毒载体制备 CAR-T 或 CAR-NK 细胞的传统技术路线相比，通过基因编辑技术可以将 CAR 定点插入特定位点，而非随机整合。并可在一个基因编辑体系中集成多个具有功能的基因工程元件，实现更复杂的基因工程改造，使作为终产品的 iPSC-CAR-NK 细胞获得更强大的功能，如更好的分化增殖能力、更强的杀伤能力、更强的抵抗抑制性免疫微环境的能力、增强的定向迁移能力等。这更有利于 iPSC-CAR-NK 在实体肿瘤的应用中获得进展。

第三，因为 iPSC 具有可以无限扩增的特性，可以通过筛选基因编辑阳性的细胞进行克隆增殖，并建立细胞库，以此克服基因编辑效率不够高的困难。

第四，由 iPSC-CAR 建立的 GMP 级别的工作细胞库，可以满足制药业对生产细胞的三级细胞库管理的要求和成药性。

星奕昂的 iPSC-CAR-NK 工艺体系已初具优势，如 iPSC 到 NK 细胞的分化/扩增工艺在完全封闭条件下进行，使用生物反应器结合 3D 状态的拟胚体进行细胞的分化和扩增，不需要用基质细胞或滋养层细胞，避免引入外源生物活性物质，更有利于产品的质量控制，减少相应的风险；使用封闭化/自动化设备以降低人为出错率和设施运营成本；未来会通过获得高纯度、高产量、低杂质的终产品以降低生产成本。

宁静： iPSC-CAR-NK 在国内外的研发现状如何？如何应对可能的挑战？

王立群： iPSC-CAR-NK 尽管还处于研发初期，Fate、Century 等国外公司已经尝试并取得了进展。2021 年 9 月，星奕昂成立刚 3 个月，Fate 公司就宣布 FDA 批准了其 FT596 产品的 IND 申请，这是一款现货型、靶向 CD-19、iPSC 来源的 NK 候选产品，针对复发及难治性 B 细胞淋巴瘤患者展示出积极疗效。

实际上 Fate 公司从 2013 年就开始做了，真正做到跟我们现在比较相近的状态在 2018 年左右。但目标定位不一样，Fate 公司想通过体外分化还原成体内现有的 NK，而我们要做的是超级 NK，所以我们的大方向相同，但要编辑的东西不同。

随着技术的发展及临床的不断发现，会有越来越多的 NK 细胞疗法获批

IND。国内也涌现出不少创新药企投身这个领域，但目前国内尚无进入 IND 的 iPSC 来源的 NK 细胞治疗产品。

在实体瘤方面已出现过很多不同的治疗技术，如小分子药物、ADC、双特异性抗体、CAR-T 等，每一项技术都曾面临过巨大挑战。我在复星凯特期间带领第一个 CAR-T 产品在国内获批，4 年的经历让我对细胞治疗的挑战有了更深刻的认识。

我们已积累了很多经验，并能利用过往经验对多个技术方案的成功率进行预判和验证。我希望通过自主创新和全球合作，我们能够快速进入 NK 细胞治疗开发的领先行列中。即使在 iPSC-CAR-NK 的开发进程中出现新的问题，我也相信办法总比困难多。

宁静：除了技术本身的挑战，创业初期的企业可能还要面对很多困难。到目前为止您感觉最艰难的是什么？我采访过的很多创始人都说在国内招人最难，您是否也有同感？

王立群：星奕昂成立至今还不足一年，但进展很顺利。到目前为止，除了技术本身，还没有遭遇特别艰难的事。

谈及人才，其他企业"招人难"可能面临的是人才竞争的问题，而我们面临的局面是人才缺乏，因为真正的细胞治疗药在 2017 年才开始出现，这就意味着有研发和产业化经验的人属于极少数。所以，我们要找的是那些学习能力强、有潜力、志同道合、能力互补的人。我们还算幸运，现在团队已经有近 70 名员工。

这几年的经历让我觉得国内培养的研究人才不错，素质很好。在复星凯特成立初期，我原本计划主要从海外招人，后来我们也招募了一些纯本土培养的研究生。我发现他们虽然缺乏系统的培训，但求知欲非常强，也非常努力，有时候感觉就像拿到一张质地好的白纸，反而更好绘画。

回顾我自己几十年的职业经历，每一个公司都给了我很好的学习机会，让我把新药研发生命周期的整个链条都经历了，非常难得也非常不易，所以年轻人一定要珍惜每一个摆在面前的机会。

宁静： 您受益于曾经任职企业的培养，是否会更重视星奕昂的人才培养机制？

王立群： 做科研是我的兴趣，做企业在很大程度上是基于责任，尤其年轻人是冲着我们的研发思路、冲着我们要开发的好产品而来，我觉得不能辜负这些孩子。

我们经常一起讨论项目，大家随便发言、辩论，特别平等，真理就是越辩越明，我希望我们做的事尊重科学、切实可行。我年轻时很喜欢观察老板身上的优点，有时会发现他们并不完美，甚至让人欣赏的地方越来越少，但我总能找到他们解决问题的智慧，我会想象如果在同样境遇下我会如何解决问题。学习其实无处不在。

同时，我在努力创造学习型的企业文化。不管来星奕昂工作 6 个月还是 3 年，我都愿意给他们创造学习机会，我希望这些年轻人为公司做贡献的同时一定要得到成长。我经常跟他们说，如果哪天觉得在星奕昂学不到任何东西了，那我建议你换个地方，我希望他们的简历上因为有星奕昂的工作经历而加分。只有在学习型的环境下，才能激励每个人都往前走，我个人曾经受益匪浅。

我还记得当年邓小平同志鼓励学生出国留学，事实证明他很有远见，这些年很多留学生选择了回国，海归也已经带来了明显的社会效应。

我们本来就应该回来，再带领中国企业走向世界，这也是我正在努力的方向。

宁静： 除了工作之外，您最喜欢做什么？

王立群： 我以前最喜欢画画，但现在没有时间画了。我对美术的爱好很广泛，除了画画还有摄影等，只要能够用到美学的概念，我都比较喜欢。我们公司办公楼的整体设计就是我做的，不豪华但比较温馨和清新，有机会请你来看看是不是很有品位（笑）。

（采访时间：2022 年 4 月）

访谈后记

（2023 年 1 月）

采访王立群博士时正值 2022 年春夏之际上海封控时，2022 年末的最后一天在朋友圈里看到他的年终总结，颇为感慨。

"2022 年是被病毒笼罩和肆虐的一年，自由呼吸也变得非常奢侈……细细想来，这一年竟然没有坐过一次飞机，却做了超过之前职业生涯中总次数的线上报告。这也是最容易被感动的一年，因为有朋友的关爱支持、家人的健康呵护、同事的忘我拼搏、股东的信任给予。最大的安慰是虽然疫情给了我们一个趔趄，却没有影响我们向前的节奏。"

创立仅仅一年半的星奕昂，在疫情的反复中一路向前，在朝着 iPSC-CAR-NK 的技术路径开发通用型量产化可治疗实体瘤的新一代细胞治疗产品方向上，甚至取得了长足的进步。

2022 年，星奕昂完成超过 5 000 万美元的 A 轮融资，团队成员已超百人，6 000 平方米的研发和 GMP 生产一体化设施也全面投入运营。研发团队完成了旨在克服实体瘤除靶点以外挑战的多个基因通路的编辑并进行了功能验证，已构建针对多个抗实体瘤靶点的活性 CAR 分子，编辑到 iPSC 中并筛选克隆。同时，工艺团队成功开发出了克隆化 iPSC 向 NK 分化和扩增的 3D 悬浮培养小试生产工艺，达到了预设的终产品细胞计数、纯度和活性的要求，并在生物反应器中尝试规模放大的中试工艺和质控标准。若干个候选产品也正进入临床前药效和安评阶段，为临床试验申请做准备。

"知难而上,是每个做创新药人必备的品质。自体免疫细胞治疗血液肿瘤产品的成功上市为细胞成药性奠定了基础,而患者可及性的挑战激发了做异体通用并可量产化治疗实体瘤的新一代产品的想法。如果我们不去尝试,既浪费了资源又辜负了这个时代机遇。格局决定布局,布局决定结局,希望我们的努力能够让新一代细胞治疗产品尽快造福全球患者。"

傅新元

健艾仕生物医药科技（杭州）有限公司创始人、董事长兼首席科学家。生物医学家，教授。首届CUSBEA（中美生物化学联合招生项目）学者，哥伦比亚大学分子生物学博士，洛克菲勒大学博士后。

历任耶鲁大学医学院教授，清华大学人类基因组研究所所长，美国印第安纳大学医学院免疫学和微生物系教授，新加坡国立大学医学院生物化学系主任和教授，南方科技大学生物系讲座教授、校长特别顾问。现任四川大学华西医院人类疾病和免疫治疗研究室主任，成都前沿医学中心免疫炎症研究院院长。

傅新元：如果人生有使命，我的使命就是为生命科学做点贡献

我有个特点——I never do follow up work（我从不做追随性的工作），我的目标就是不断创新，包括人生的不断开拓。

——傅新元

总是有人惊叹他耀眼的职业经历，也常常有人质疑他的直言不讳。在我印象中，他就是一位张扬却又谦逊的、善于倾听一切主张却又从不在意别人评价的、据理力争无所畏惧又从来不计个人恩怨的、棱角分明又喜欢广交朋友的有点另类的科学家和创业者。

五年前，在杭州医药创新大会上与这位留长发戴礼帽的科学家初次相识，当时感觉他好酷。四年前，我邀请他作为演讲嘉宾参加在北京大学医学部举办的"遇见"演讲会，他欣然应允；后来得知，那一年刚刚创业的他像所有创业者一样忙得四脚朝天，因为来不及准备，他演讲时穿的西服是临时在机场买的。

两个月前，我再次向他发出邀约：是否可以作为"连续创业者"接受访谈？他简短地微信回复我"谢谢，我看看日程"。采访的那天他正在杭州参加一个医药论坛，他从会议现场挤出两个小时在线回答了我提出的几十个问题，视频中依然戴着礼帽，依然神采飞扬，似乎永远不知疲倦……

"我希望有一天,我的 100 万美金能发出去"

"J.P. 摩根公司举办的世界最大的医疗会议上,主办方对新药来源进行了报告:美国 57%、日本 13%、中国 0%。中国在报告中没有一个新药,屠呦呦的青蒿素也不例外,因为屠呦呦只是发现了青蒿素对疟原虫的作用,而青蒿素的专利是诺华的……过去 30 年来仿制药在中国取得了巨大成就,但我想强调的是,经过 30 年的积累后我们应当有自己真正的创新药,源头创新、靶点创新、机制创新,在前人基础上超越前人才是我们应该做的,特别是中国经济体量已经达到全球第二这个关键的时候。因此,什么是创新药?我总结了 5 条标准,满足这 5 条标准就意味着中国新药市场的独立:

(1)全新的作用机制。

(2)全新的结构。

(3)拥有自主知识产权。

(4)能超越目前治疗药物的药效。

(5)国际认可,特别是美国 FDA 批准上市。"

这是傅新元在"2019 中国医药健康产业发展大会暨第四届中国医药研发·创新峰会"上的一段演讲。这段演讲中提及的创新药五条标准被医药业内人称为"傅氏五条",早在 2018 年的医药圈中就被传得沸沸扬扬。

显然,傅新元并没有因为争议而闭口不言,而是在各种正式或非正式的场合仍一直坚持他自己对创新药的定义和主张,甚至还摆下擂台,对"傅氏五条"的成功挑战者承诺奖励 100 万美元。

"现在中国的技术和资本力量已经有底气了,需要做的是改变心态,逐渐从边缘走到主流。许多中国医药界企业家很聪明也很智慧,我对此有信心。所以,我提出 5 项金标准的本来用意是在中国倡导一种追求源头创新的文化。国内一位知名的药物科学家和我一起立下字据接受挑战，他说10年后中国一定能做出这样的创新药，如果做不出他赔我100万美金。如果能有一个真正符合5项金标准的创新药做出来，那时中国就真的了不起了，我希望有一天我的100万美金能发出去。"

"少年时代的我，在苏北荒原被书中的西方文明吸引"

20世纪60年代末到70年代中，傅新元随父母从南京被下放到苏北淮安，初中时每天要步行十公里去上学，后来转到淮安中学读高中。中学校长是一位非常重视文化教育的老革命，他在全校大会上对傅新元"挑灯夜读、自学攀登知识高峰"予以高度称赞。

"在那个寂寥的地方几乎无事可干，却非常适合思考人生。我常想长大了能干什么？我的人生究竟要走什么样的路？农村缺乏适合我的老师，我只能自我学习、自我成长。那一年我13岁。"

那时的新华书店摆放的基本上全是革命书籍，傅新元偶然发现了马克思的著作，不仅有中文版，还有德文和英文版。"我当时非常兴奋，心想这个人是谁？他究竟做过什么？为什么中国人要学习他？"

16岁时，傅新元几乎看遍了《马克思恩格斯选集》（四卷集），其中最重要的著作《共产党宣言》不仅看了中文版，还把中文和德文进行了比较，并因此自学了德文。当时中央编译局翻译出版的《哥达纲领批判》一书，被傅新元发现德文翻译本有一个错误，他就写信给编辑部，后来收到编辑回信的开头竟是"傅新元先生"，他哈哈大笑，因为那时他还只是一个中学生。

"当时的中国文化产生了断层，我的自学之路就偶然从马克思主义开始。我把零花钱都拿到书店去购买商务印书馆或中华书局的各种翻译书籍。罗素帮我打开了另一扇门：个人自由精神的体验，直到现在我还保留着他的著作《西方哲学史》。西方哲学家更强调理性，那么理性的源泉在哪里？我们怎样从理性中找到自己？"

少年时代的傅新元在书中看到的世界与眼前的苏北原野完全不同。他渴望到书中那些地方去学习，学习西方语言就成为必须跨越的第一步。当时几乎没有什么英文教材，很幸运他在书店找到一本 *English 900*，于是每天偷听收音机里"美国之音"教授的英语 900 句。

"有了一定的英文基础后，我当时最大的心愿就是去看西方文明。少年时代的我深受马克思的影响，认为自己不仅仅是一个中国人，还是一个世界公民，虽然那时我生活在淮安偏僻的农村里。"

"《重组 DNA》一书，成为我的生命科学启蒙读物"

高中毕业后，傅新元成为淮安县一名农村小学教师。最喜欢逛新华书店的他，尤其喜欢在书店里的内部书籍销售点淘书。一次，他偶然发现了一本蓝色封皮的厚厚的大开本书，书名是 *Recombinant DNA*，这就是《重组 DNA》。

"之前我从来没有听过'重组 DNA'这个词。那本译作提出一个完全出人意料的问题：人类从石器时代到金属时代再到机器时代的发展进程中，改造外部世界的能力一直在增加，但是人类能不能改造自身？这个问题太有挑战了，原来人类还有这么伟大的目标？还可能从基因水平上改造自己？"

《重组 DNA》一书因此成为傅新元的生命科学启蒙读物，也为他打开了另一扇窗：原来还有这样一种学科可能对人类产生更为深刻和巨大的影响。

实际上傅新元原本最感兴趣的是物理学，他曾经从淮安专门到南京大学，找到了南京大学教授、中国核物理学家、居里夫人的学生施士元辅导他理论物理和固体物理学。"当时施教授还住在一座很雅致的别墅里，开门见到风尘仆仆来向他求教的我，非常惊讶。"

不久后，傅新元竟意外地进入大学与生物学结缘。

1977年，高考制度改革，那一年的高考因为特殊情况推迟了近半年，录取的学生在第二年春季入学。傅新元参加了淮阴地区的秋季高考，但淮阴地区教育主管部门不允许公办教师出去读大学，理由是"如果教师都考大学走了，学生谁来教导呢"，因此，那一年淮阴地区的公办老师虽然可以参加高考，但准考证和考试结果都被挡下，无法被大学录取。

傅新元却成了唯一的例外。

"我跑到淮阴地区教育主管部门领导的家里据理力争，但没有结果。第二天我又跑到江苏省教育厅，我至今记得那天正好是1978年的元旦。节假日领导带头值班，那天值班的正是教育厅厅长。我向他展示我作为'人才'的证据，包括施士元教授的推荐信、中央编译局的信件、我自学的书籍和发表的论文等。"

教育厅厅长对知识分子有很大的同理心，他记下了傅新元的准考证号码。1978年春季开学后，傅新元的很多学生都拿到了大学录取通知书，他的却杳无音信，他暗自下决心准备再报考周培源的物理学研究生。一个月后，他突然收到一封信，是南京师范学院（现南京师范大学）的录取通知书。

"我有点懵，因为我没有报考过南京师范学院。后来一位在淮阴教育局工作的朋友告诉我，原来那位教育万厅长很有智慧，他找到淮阴地区教育局，请他们批准我去南京师范学院读大学，因为毕业后可以再回到淮阴地区当老师。于是经淮阴地区教育局批准，我就幸运地进入了南京师范学院。"

南京师范学院的前身是金陵女子大学，校园非常优美。当时只有生物系还没有招满，于是傅新元就被分到生物系学习生物学专业。

"好在我对生物学也很感兴趣，就这么阴差阳错地走上了生命科学这条路。

如果人生有使命,我的使命就是要为生命科学做点贡献。"

"我成为谈家桢的研究生,尽管只有半年"

"南京师范学院生物系的领导和老师对我特别照顾,经过专门的考试后,不仅让我免修外语课、数学课,还专门请到校长的岳母为我一对一辅导英文,因为那位老太太曾留学美国,她的英文水平比一般老师高出很多。"

大三那年,傅新元联系了父亲在浙江大学求学时的老师谈家桢教授。谈家桢那时是复旦大学遗传研究所所长,傅新元想提前报考他的研究生。小时候傅新元就经常听父亲讲谈先生是一个很了不起的人物,他是现代遗传学之父 Thomas Morgan(托马斯·摩尔根)的学生,回到中国后建立了复旦大学遗传研究所,创建了中国的摩尔根遗传学派。

傅新元带着自己翻译的一本细胞生物学专著给谈家桢看,谈先生指出翻译稿虽然不错但翻译工作应该是他们那些"老头子"来做的,年轻人应当去科研一线提高科研能力。他建议傅新元有机会出国去接受系统的科研训练,真正走近生命科学的前沿。

南京师范学院没有同意傅新元提前毕业,一年后,傅新元本科毕业正式考入复旦大学成为谈家桢的研究生。

20世纪80年代改革开放初期,我国科技教育水平和世界先进国家的差距很大,急需利用国外的条件培养科技人才,旅居海外具有较高学术声誉的一些华裔科学家主动担负起牵线搭桥的重任。1979年华裔物理学家、诺贝尔奖获得者李政道教授发起中美物理学联合招生项目(CUSPEA)后,1981年华裔分子生物学家、美国康奈尔大学教授吴瑞发起中美生物化学联合招生项目(CUSBEA)。

1981年秋季,刚刚成为谈家桢的学生不久,傅新元被推荐参加第一届

CUSBEA 考试并顺利通过。1982 年春季在广州中山大学出国培训半年，经谈家桢推荐，9 月即前往哥伦比亚大学攻读分子生物学博士。

"发现 JAK-STAT 已 30 年，我想把这段历史说清楚"

"站在纽约的街道上，我的确感受到这个世界和我原来的世界有着非常大的不同。其中很重要的一点就是自由的精神，但同时我也看到了纽约的混乱。"

从哥伦比亚大学读博再到洛克菲勒大学做博士后，傅新元在纽约先后生活了 12 年。1988 年，导师谈家桢到访纽约，他对傅新元说"应该抓紧时间回国"。当时谈家桢正在上海筹划"摩尔根-谈"中心，希望傅新元马上回国。后来因为外部原因，"摩尔根-谈"计划没有实现，也成为中国生命科学史上的一件憾事。

1988—1991 年，傅新元以博士后的身份在洛克菲勒大学做博士后研究，他的导师 James Darnell 是美国生命科学领域研究基因表达的学科领头人，他在 Darnell 的实验室进行关于基因如何受信号调控进行表达的课题研究。

"当时设备非常简陋，我用传统的生物化学方法从 HeLa 细胞里纯化 ISGF3 复合物。我从大约 3 000 L 悬浮生长的干扰素处理激活的 HeLa 细胞中，制取到 5~10 μg 的蛋白，其中 P91 和 P84 以后被称为 STAT1 的两个亚型，P113 为 STAT2，P48 为 IRF9，STAT 蛋白家族由此发现。"

1990 年，傅新元以 ISGF3 多肽发现为主题的论文发表在美国科学院院报上。1992 年，傅新元克隆出 P91 和 P113 的 cDNA 并发现它们是新的基因家族，先后投稿到 *Science* 和 *Cell* 杂志，但审稿无果，随后 Darnell 将其投稿至 *PNAS* 杂志。在那篇论文标题中，傅新元提出了"转导刺激及信号转导（transcriptional activator and signal transducer）"这一概念，Darnell 在一篇 1994 年发表在 *Science* 杂志的论文里将其拼成 STAT（signal transducer and activator of transcription）。

1992年初，傅新元离开洛克菲勒大学，进入纽约西奈山医学院（Mount Sinai School of Medicine New York）并建立了自己的第一个实验室。在实验室中，他发现P91和P113蛋白含有一种新的酪氨酸激酶结合的保守序列——SH2结合域。SH2的发现，证实了STAT蛋白的信号转导功能，提供了最关键的信号转导分子机制。同年7月，傅新元以唯一作者的身份将这项新发现发表在 Cell 杂志上。

1993年，JAK-STAT信号传导通路被美国 Science 杂志评为世界十大重大科学成就之一。

细胞信号通路是指细胞外的分子向细胞膜内传递信号，并使细胞内发挥相应效应，通过蛋白执行生理功能的通路。细胞外的分子信号种类很多，如细胞因子、激素等。细胞通路中上下游蛋白被激活或抑制后，会发生磷酸化或去磷酸化，将细胞外部的信号传递到细胞内部并放大，实现调节下游的DNA合成、细胞内酶活性等功能。参与人体生理活动的细胞信号通路数量非常多，是很多重磅药物选择的靶点方向，JAK-STAT是生命科学史上最早发现的、调控基因表达的重要细胞信号通路。

JAK是一种非受体酪氨酸激酶，在受到特异性生长因子、生长激素、趋化因子、细胞因子和多种细胞表面受体刺激后被激活，使其具有酪氨酸激酶活性并成对结合，二聚体JAK能发生自发性磷酸化，与STAT蛋白结合，使STAT转录因子磷酸化并转移到细胞核内，影响细胞转录，从而影响基因的表达。

JAK-STAT信号通路功能广泛，参与细胞的增殖、分化、凋亡以及免疫调节等许多重要的生物学过程。JAK激酶家族有4个亚型：JAK1、JAK2、JAK3和TYK2，基于各亚型的功能特点和特殊的组织分布，JAK1已成为免疫、炎症和癌症等疾病领域的新型靶点，JAK2 已成为血液系统相关疾病治疗和预防的确切作用靶点，JAK3 已成为治疗自身免疫病的热门靶标。

STAT 是 JAK 激酶的底物和下游信号分子，同时肩负着调节基因转录和信号传导的双重任务。STAT 以二聚体的形式存在于细胞质内，有 STAT1、STAT2、STAT3、STAT4、STAT5a、STAT5b 和 STAT6 共 7 种亚型，可以调节不同的转录。

30 年来，在 JAK-STAT 通路领域已有超过 9 万篇论文发表，在医药领域有超过 2 万 4 千个专利，在此基础上，以 JAK-STAT 转导机制为原理的药物已有 9 个被美国 FDA 批准上市。迄今，仅仅美国五大公司，礼来、辉瑞、艾伯维、BMS 和 Incyte，从 2019 到 2021 年，已经上市的有关药物的销售总额超过 170 亿美元。除此以外，包括众多的中国制药公司（如齐鲁、恒瑞），以 JAK-STAT 通路作为靶点继续开发的仿制药也日益增多，适应证包括免疫、炎症和癌症等疾病领域。

虽然 JAK-STAT 通路发现有众多科学家的贡献，但毋庸置疑的是傅新元为这一科学发现作出了"临门一脚"的关键性贡献。2022 年是 JAK-STAT 这一重要科学发现的 30 周年，傅新元说"想把这段历史说清楚"。

"我毛遂自荐，去清华组建基因组研究所"

"做了这样一些比较重要的发现，自我感觉越来越好的时候，我想起导师谈家桢的教诲，开始考虑是不是应该回国做一点贡献？"

1998 年，傅新元开始与国内接触。他首先去了复旦大学拜访导师谈家桢，谈老先生告诉他复旦没有多少科研资金，当时刚开始 985 计划，清华、北大科研经费更充足。

傅新元在清华并没有熟人，只好毛遂自荐。时任清华生物系领导的周海梦和赵南明接待了他，并很快引荐给王大中校长。1999 年，清华大学决定，把 985 计划中支持清华生物系的十分之一资金划拨给傅新元，组建清华大学基因组研究所（Tsinghua Institute Genome Research，TIGR），进行信号转导有关的基础研究。

"当时清华大学年轻老师常智杰加入我的团队，我们就带着新组建的团队尝试从头开始科研训练，虽然也作出一些重要发现，发表了二三十篇质量比较高的论文，但学生需要从头训练，我们的速度还是赶不上在美国的那些同事。"

2000 年，清华大学基因组研究所成立，傅新元邀请众多朋友回国参与创建初期的工作，饶毅、王晓东、施杨、王小凡等人都参与其中，施一公参加了研究所的成立大会并介绍了他在普林斯顿大学建立实验室后的工作。

"后来王晓东曾跟我说'老傅啊，你是在前面铺路的'，我听了这句话非常感动。虽然在现在的环境下回国已经不再让人感到惊奇了，但在 90 年代，已经在美国做了教授再回来的那批学者归国这条路还是非常值得回味的。"

2007 年，北大校长许智宏找到傅新元，希望他考虑接任北京大学生命科学学院院长一职。傅新元又找到好友饶毅商量，饶毅陪他一起去北大生命科学学院与时任北大常务副校长的林建华面谈。当时的傅新元还没有下决心全时回国。最终，毅然决然要回国的饶毅接任成为北大生命科学学院院长。

"新加坡国立大学的 offer 吸引力太大，让我无法拒绝"

2008 年，傅新元先后收到了另外三个工作 offer。第一个来自中国科学院原副院长陈竺和时任上海交通大学校长张杰，共同邀请他到中国科学院与上海交通大学合办的健康研究所担任所长，以及担任上海交通大学医学院继任副院长；第二个 offer 来自香港科技大学，请他去做生物系的系主任；第三个 offer

来自新加坡国立大学，请他去做医学院生化系的系主任及参与创建新加坡癌症科学研究所。

"新加坡国立大学的 offer 让我无法拒绝，因为他们承诺的研究经费是一亿多美元，邀请我和来自哈佛大学等机构的五位教授去创建一个癌症研究所。这对于做研发的人来说吸引力太大了。另外，新加坡国立大学在亚洲排名第一，全英文教学系统跟西方几乎是一致的，它也是亚洲最具国际化的大学。所以，我选择回归基础科学研究，加入了新加坡国立大学。"

在新加坡的几年是傅新元做科研的所有经历中资金最充裕的时期，研究所的基础研究经费达 1.2 亿美元，再加上额外申请的基金，最终的研究经费超过 2 亿美金。多年后的今天，研究所已有 20 多位科学家 PI（principal investigator，主要研究者）和多名临床医生，这种基础研究与临床医学紧密结合的研究模式，也成为如今傅新元在四川大学实践的模式。

傅新元在新加坡国立大学做了 10 年基础研究，在一系列科学发现中最重要的是发现 STAT5-Th-GM 这一调节炎症的关键性靶点，迄今为止，全球还没有以 STAT5 作为靶点的临床试验案例。

"炎症是万病之母，几乎所有疾病包括癌症都与炎症这个早期因素有关，新冠病毒患者最终也是炎症致死的。发生炎症的机制仍存在很多未知，我认为炎症机制中最重要的一个方向是：总司令 T 细胞怎样将指令给到一类细胞如巨噬细胞、骨髓细胞，这两者间的互动会产生一系列重要靶点；特别是 T 细胞和髓系细胞相互作用导致炎症的产生，以及炎症和癌症的互动导致肿瘤细胞发生演化，可能产生更多药物研发的创新靶点。"

STAT5-Th-GM 这一关键性靶点的发现，最终让傅新元决定再次回国创业。

"创业很有刺激性,亲自组织团队做创新药是我人生的一大挑战"

JAK-STAT 被发现后,美国投资人预见到这一发现在新药研发上的巨大潜力,蜂拥而至劝说傅新元创立公司。傅新元经过审慎考虑,还是决定继续在大学里做科研。

与此同时,傅新元开始与创业"亲密接触"。例如,基于 JAK-STAT 的筛选药物的专利授权给创新公司 Ligand Pharmaceuticals 用以建立药物筛选平台,并最终产生了一系列 JAK 药物,傅新元多年来一直享受专利费和相应的股权收益。傅新元曾多次受邀访问 STAT 药物研发公司 Tularik,这个由三位美国生命科学界大佬创立的公司,最终被 Amgen 以 13 亿美元收购,这也让他第一次近距离感受到科学发现的巨大价值。

2000 年前后,正在清华创立基因组研究所的傅新元准备设立创业公司,对商业运作没有任何经验的他计划请老朋友余国良担任 CEO。"我第一次创业的'师傅'是余国良博士,第一个商业计划书就是在他家完成的,他还专程来中国参加我的路演,当时感觉激情万丈。不久后国良兄发现 UCSF(加州大学旧金山分校)一个教授的兔单克隆抗体技术,引进此技术后开创了他自己的 Epitomics 公司。"

2003 年,傅新元与当年参加 CUSBEA 一起赴美的同学俞强、袁钧瑛夫妇,以及毕业于南京大学化学系、当时在约翰霍普金斯大学的刘钧教授一起在上海张江创立了安普生物(Ambrosia),致力于从中草药中发现有效的分子开发创新药。当时筛选出多个药物候选分子,并获得了上海科委华裕达、晨兴资本等投资人的支持,计划 2007 年与一家英国公司合并后上市。2008 年金融危机暴发,投资资金无法到位导致上市失败。最终,安普生物被国内一家民营企业收购。

"这次创业实践让我得到两点最重要的经验:第一是生物医药创新公司一

定要符合市场需求，药物研发必须推进临床；第二是自己全力以赴的同时要得到当地政府支持，做好商业化运作。"

2014年，傅新元在新加坡国立大学基于JAK-STAT的研究基础发现了调节炎症关键性的靶点STAT5-Th-GM。不久后，当年一起赴美留学的好友杨志去了新加坡，他劝说傅新元回国创业。

2016—2018年间，傅新元逐步关闭了在新加坡的实验室，最终全时回国。他首先去了南方科技大学做基础研究，在四川大学华西医院做临床研究。他和冷泉港亚洲的季茂业博士合作，请来老友、DNA双螺旋发现人、诺奖获得者James Watson（詹姆斯·沃森），希望以他的名字为号召力，能在深圳建立一个国际一流的研究所。

"当时我个人觉得中国还没有国际一流的生物医药研究所，比如像MIT的Whitehead Institute，加州的Salk Institute，伦敦的Crick Institute。我的梦想是不仅仅自己搞科研，还要创造出国际一流的科研文化基础。但实际上非常难，涉及的情况也很复杂，最终未能实现。"

2018年，健艾仕生物医药科技有限公司（GenEros BioPharma）在杭州正式落地，傅新元亲自出任董事长兼首席科学家。健艾仕拥有一系列基于JAK-STAT和原创STAT5-Th-GM信号通路所发现的具有核心知识产权的全新靶点和相应的生物标志物，并以此为基础开发出一系列针对自身免疫病、重大炎症疾病、肿瘤等各类适应证的精准检测和靶向药。

当年劝说傅新元回国创业的杨志成为健艾仕的投资人。杨志也是CUSBEA第一届留学生，与傅新元有着深厚的友谊。作为哈佛大学分子生物学博士，杨志在过去二十余年先后以科学家、发明人、企业家、高级管理人员、私募股权投资人的身份活跃于中美两国的生命科学领域。他创立的百奥财富（BVCF）是中国第一个专注于医疗健康产业的美元基金，也是首个专注于中国生命科学行业的国际私募股权基金，在过去的十年中共投资近三十家中美医药企业。

"投资人需要理解科学的本质，但这并不容易。当年爱因斯坦提出相对论时，世界上没有几个人能听懂，生命科学也一样。健艾仕能够创立是因为我的老友杨志，他既懂生命科学又懂投资。实际上，中国现在还很缺乏杨志这样的专业投资人。"

2019年5月，健艾仕生物研发的基于Th-GM机制用于治疗自身免疫病的药物获得了美国FDA临床试验的批准，之后2021年FDA又进一步批准该药物用于新冠病毒引发的炎症的临床试验。迄今，这个STAT5抑制剂clinflamozyde的国际临床试验顺利开展，已经入组40位患者。同时，健艾仕有关炎症和癌症的其他三个临床试验（一个Ⅱ期，两个Ⅰ期）也将在中国和美国有序开展。

"我有个特点——I never do follow up work（我从不做追随性的工作），我的目标就是不断创新，包括人生的不断升扛。对我来说创业很有刺激性，过去我们的发明专利被国际药企用来做药，产生了创新药和众多的临床应用；现在我亲自操刀组织团队来做创新药，这是我人生的一大挑战。我现在的梦想就是基于科学发现去做创新药，解决医学上尚未解决的问题。中国需要致力于科学原创的科学家，只有这样才能真正产生一流的创新企业。"

对话

宁静：几年前您关于创新药的五条标准在医药圈里引起过很多争议，当时有人说您误导大家对创新药的理解，也有人说您借此吸引眼球。您完全不介意别人的评价吗？您提出这样一个创新药高标准的初衷是什么？

傅新元：回国创业前，我基本都生活在美国，养成了直言不讳的习惯，可能跟中国传统文化有一点不吻合。但如果大家都不敢真实地表达自己，创造性思想从哪里来？

我认为关于创新药五项金标准的讨论有点像当年关于真理标准的讨论，不论结果如何，都会有影响。提出五项金标准不久，我在一次会议上第一次见到曾任国家食品药品监督管理局局长的毕井泉，我向他介绍自己时，他说傅老师我知道你。互加了微信之后，他把手机里保存的五项金标准的截屏发给了我。我很佩服他的敏锐！我也理解了我们尊敬的"老毕"为什么能对中国医药界的发展作出极为重要的、公认的关键性贡献。

去年，国家食品药品监督管理局发了一个文件说：以后做药要和现有药做比较，创新药要超过现有药物的疗效。其实，这就是五项金标准中的第四条。我不知道当年在医药圈里引发的讨论会有怎样的影响，但终归出台了相关的政策，这是很可喜的。

迄今为止，在生物医药研发领域，有没有一个产生于中国的、真正的源头科学发现导致一个重要科研领域的产生？JAK-STAT 从某种意义上是从 0 到

1 的发现，并产生了一个重大的领域，但这是我和其他科学家当年在美国做的。相信中国必将有年轻的科学家能在本土做出类似的原创发现，有了原创发现才能在生命科学领域做出一系列的创造，实际上这也是中国面临的最大挑战。

相对而言，国内医药市场很小，国家搞集采根本不足以支持企业做创新药。一般用药的降价对老百姓有好处，但对高端研发却非常不利，在这一点上国内药物研发政策可以说缺乏长远的眼光。真正做创新药就一定要出海，一定要打到美国市场去。如果不是原创药，怎么打入美国市场？这个巨大的问题逼迫着我们必须做出原创，是压力也是动力。

宁静：JAK-STAT 是谁发现的至今仍存在争议，有报道说华人科学家群体普遍认为是您发现的，言外之意非华人科学家并不这样认为。JAK-STAT 的发现为什么会存在如此大的争议？

傅新元：其实争议早就存在，只是我一直没有发过声。到今年末 JAK-STAT 被发现就 30 年了，由中国细胞生物协会主持筹备，今年 12 月将在中国科学院上海分院举办 30 年学术庆典活动，到时候我想把这个故事完整地讲出来。我觉得应该趁我的导师还在，把这段历史说清楚。

我记得 20 年前在清华基因组研究所的时候，赶上王晓东的两位导师来清华访问，一位叫 Joseph L. Goldstein，另一位叫 Michael Brown，这两位科学家因在脂类代谢方面作出了重要贡献而同时获得了诺贝尔奖。他们访问清华时校长出面接待，我作陪，当时我就坐在 Michael Brown 身边。

Michael Brown 问我是谁，我说我是傅；他问我做过什么研究，我说做过 JAK-STAT，他一听就停住了。然后他问我是跟 James Darnell 做博士后吗？我说 Yes。然后他就向坐在对面的 Joseph 大喊"Joe, This is Darnell's Fu"，Joseph

就跑过来说"You are Fu? You are the famous Fu?"……可见，当时发现JAK-STAT的影响有多大。

当年在业界有一个说法，说我作为Darnell的博士后，发论文前没有告知Darnell，把论文发在Darnell之前就等于把Darnell的光芒抢掉了。他们认为本来Darnell是要拿诺贝尔奖的，结果被他的博士后搞没了。

但是，事实并非如此。实际上我的那篇论文第一个就送给Darnell去看，他也帮我做了一些修改，我提出让他做我的Last Author，但是大概他当时认为SH2的发现不可信，而且工作的确是我在西奈山医学院独立完成的，因而Darnell谢绝了做Last Author。他在看过论文并帮助我修改后，就让我去发表了。

这种重大科学发现跟原来的认知确实不一样，他当时没有意识到我是对的，这是他在科学判断上的一个失误。事实是，这是我离开他的实验室以后在西奈山医学院独立发现的，基础工作是在Darnell实验室做的。这些都有据可查，实验室的记录都有留存，我希望在JAK-STAT被发现30周年的庆典上讲清楚这段历史。

我与Darnell先后发表的两篇论文有本质区别：我发表在*Cell*的论文中提出了信号转导的机制，属于机制性的研究；而一个多月后Darnell发表在*Science*的论文中没有涉及机制。显然，我先于他发表的论文质量更高也更有深度。

所谓的争议就是：为什么傅新元是这篇论文的唯一作者？为什么没有老板的署名？发现JAK-STAT的优先权到底属于谁？

2015年，诺贝尔委员会的一个代表团来中国，当时中国医科院院长曹雪涛专门安排我向他们讲述了JAK-STAT发现的历史。事实可以从论文发表的时间作出判断，也可以从其他角度得出结论，但是否有话语权也可能成为决定因素。

宁静：在国内外顶尖大学求学和科研的经历中，对您产生最为深刻影响的人是谁？

傅新元：我在出国前就是一个相当西化的人，以前几乎从来不看中国的经典书籍，也不大关注中国哲学。但是我现在转变了，渐渐变得中国化了，也许跟经历和年龄有关。

上大学前我基本上都在自学，进入南京师范学院后有一些老师帮助过我。在国内求学时，对我产生最深刻影响的人是谈家桢。虽然我在复旦读他的研究生只有半年，实际上我从大三就开始和他接触，出国后也经常联系。谈先生做过真正有创新的科研，他为我指明了前行的方向，对我的影响非常关键。后来我作出重大科学发现后，他把我的那篇论文裱起来放在他的客厅里。

到了美国之后，对我影响最大的是我的两位导师。

第一位是我在哥伦比亚大学的博导James Manley，现在是美国科学院院士。我刚去美国时他只是一个小小的助理教授，他给我的印象跟中国的知识分子完全不一样。他是典型的美国实验科学家，平常大大咧咧，抽烟斗，但他所有心思都在科学上，特别重视实验技巧，甚至手把手教我做实验。

他是一个大无畏的科学家。我记得当时我们做生物化学实验要用到放射性非常强的标记物^{32}P，做实验时一般都要用厚厚的专门的放射防护屏障，他笑着说只用一个玻璃平板就能挡住95%的辐射，这就足够了。后来我也受他影响，就用一个小玻璃片遮挡一下放射源，虽然这并不值得提倡。

他的大无畏精神还表现在对世俗的东西不屑一顾，敢于挑战权威。外表上他不修边幅，看起来就像一个工人，但他知识渊博，非常具有批判性思维，这也是我从他身上学到的非常重要的东西。

除了做实验外，他办公室的门永远开着，我经常到他的办公室看他审稿。因为他是评委，各种各样的论文资料都放在他的桌子上，我就去看他怎么评审。我跟他讨论问题也是直奔主题，从来没有上下之分。

他的实验室在生物化学方面要求极其严格，经过他的实验室训练绝对可以跻身世界一流。他毫无保留地对我进行各项科学实验训练，为我今后的科研发现打下了坚实的基础。

另一位对我影响很深的就是我在洛克菲勒大学做博士后的导师 James Darnell。

James Darnell 和 James Manley 在风格上完全不同，作为曾经的哥伦比亚大学生命科学系主任和诸多领域的开创者，Darnell 更深谋远虑，具有对业界的综合观察和判断能力及哲学思想。

他一辈子都在研究基因表达，曾写过一本专著叫 *RNA*，在业界是绝对的领军人物。他很早就是美国科学院院士，他手下的很多人后来也都成为美国科学院院士，如我的师兄原洛克菲勒大学校长、加州理工学院校长 David Baltimore 在免疫学界是超级"大牛"。

Darnell 的实验室很大，当时大约有 40 位研究员，在他的实验室体验的是完全不一样的教育。他从来不问我们在做什么实验，进行到什么阶段，甚至一般的博士后都没有机会去跟他讨论。但他非常有远见，总是能选出重大研究领域并有所突破。40 年前，他决定从病毒研究转做信号转导，我当时也因为想做信号转导而选择他的实验室，并为 JAK-STAT 的发现作出了重要贡献。

科学需要传承，也需要培养的土壤。谈家桢为什么牛？因为他跟摩尔根遗传学派连接在一起，谈先生帮助我进入生命科学领域顶尖的科学家圈层里。然后，我有机会进到 James Manley 实验室，初步掌握了自己的研究方向。再之后进入 James Darnell 实验室，我有了接触最前沿科学的机会。

能接触到这些顶尖的科学家非常幸运，他们的思维和行为方式都深深地影响着我。他们的远见卓识和训练、提拔学生的能力，对于年轻一代很重要。在这样一个尖端"象牙塔"里，成功的概率也会大大增加。

宁静：因为新冠疫情及政治因素的影响，现在很多年轻求学者对于留学的想法发生了一些改变，对此您有何看法和建议？

傅新元：名校最重要的作用是能接触到高水平的人，在哈佛大学接触的人肯定跟清华不一样，在清华的机会又跟国内其他地方院校不一样。能走进塔尖就有更大的机会去做出一流的创造，当然也要有递进的过程。

但是我也要特别指出一点，这个时代跟我们40年前已经大不相同了。40年前，中国几乎没有真正的科学家做生物医药科研，谈家桢先生算是一个例外，所以在当时的环境下出国是最好的选择。而现在，中国已经有了做一流科研的基础。在某些领域，中国科学家取得了重大发现和进展，所以在中国也能训练出非常出色的学生，一些基本的科研训练甚至比国外还要好。比如中国科学院院士、生物化学家邵峰就非常厉害，如果能进入他的实验室，绝对不比美国的一般实验室差。

对于科学研究而言，我认为1%的实验室做出了99%的重要工作。如果你只是在某个被边缘化的小实验室里做实验，想作出重大发现的难度是非常大的，几乎不可能。而在顶尖的实验室里，只要持续努力，就很可能作出重大科学发现。

但同时也必须清醒，如果想在科研上有突破性的创新，中国科学家还要再努力。在高端源头性创新方面，中美还存在差距，这也是未来10~20年要面临和解决的问题。

（采访时间：2022年6月）

访谈后记

（2023 年 1 月）

每一次访谈录初稿完成后，我都会请受访者修改确认，以避免理解上的歧义或失误。傅新元老师是反复修改次数最多的一位，前前后后持续修改了十天。没想到在"医药魔方"微信公众号刚刚发布，傅老师又发现一处表达不够准确，我不得不告诉他只能等到出版时再弥补这一遗憾——科学家的严谨，由此可见一斑。

此时此刻，距离采访已半年，我发微信问傅老师是否还有补充，没有收到回复。查看他的朋友圈，原来他正在飞往旧金山参加 JMP 全球健康大会的途中——他的微信朋友圈，就是他的"新闻发布会"现场，那里记录着他的行踪以及所思所想。

"两年多没有去美国，参加 JMP 全球健康大会是一个和业界朋友相互学习交流的极好机会。我期待与众多朋友和同仁进行久违的面对面交流，把酒言欢，助力我们新药研发的发展，期待我们研发的药物进入美欧市场，是时候了！但是在机场和飞行途中有很大风险，因为我一直努力保持着迄今仍没有被新冠感染的纪录。预防感染是一个挑战，创业人生也是一场挑战，我历来欢迎人生的各种挑战！"

2022 年是 JAK-STAT 通路发现 30 周年，筹备中的纪念活动原计划在 12 月举办，而 12 月中旬疫情再起，傅老师不得不匆匆离开上海的公寓楼去到盐官古镇"避难"——我知道他因为 JAK-STAT 通路发现的被认可一直心有不甘，不知道 30 周年纪念活动会不会成为他的另一个遗憾。

2023 跨年之夜，身处安静的小镇，他仍不忘在属于他的"新闻发布会"现场发布在研新药项目的进展：

"我们的新药在国内，特别在我工作的华西医院，与第一流的医生团队合作，在一年多的临床试验中不断挽救晚期癌症患者的生命。在国际临床中的另一个药物，也被证明可以有力控制新冠病毒引发的炎症和重症……"

祝福这位留长发戴礼帽永不知疲倦的科学家，新年如愿！

魏文胜

圆因（北京）生物科技有限公司科学创始人、博雅辑因（北京）生物科技有限公司科学创始人。北京大学生物化学专业学士，密歇根州立大学遗传学博士，斯坦福大学博士后。

现任北京大学生命科学学院教授，兼任北京大学生物医学前沿创新中心（BIOPIC）及北大－清华生命科学联合中心（CLS）研究员，北京大学基因组编辑研究中心主任，科技部创新人才推进计划科技创新创业人才，中国药品注册审评专家咨询委员会委员，中国遗传学会基因组编辑分会副主任，已发表50余篇顶尖科研杂志文章。

魏文胜：只有尝试，才能造就更多可能性

人生永远无法预知，那些没有成功、未遂人愿的尝试造就了后来更多的可能性，那些曾经的伤痛也都成为成长过程中命运的安排。

——魏文胜

偶然看到一则新闻：2022 年 6 月，专注于国际前沿环状 RNA 技术开发新型疫苗及多个新型治疗领域的圆因生物，宣布顺利完成超过 2.8 亿元人民币 A 轮融资。"值此疫情反复之时，科学工作者肩负社会责任和使命，我们将加快推进环状 RNA 新冠疫苗的临床应用。"圆因生物科学创始人魏文胜表示。

这个名字曾经给我留下很深刻的印象。

2020 年 6 月采访博雅辑因 CEO 魏东时，他曾讲述北大同窗及挚友请他帮忙在美国找 CEO 的故事。他的那位挚友就是当年博雅辑因的科学创始人魏文胜，而魏东本人则最终成为博雅辑因 CEO。

于是我请魏东先生帮忙约访魏文胜教授，巧合的是，采访时间定在时隔两年后六月的同一天。这一次，北大教授魏文胜的身份是连续创业者。

"两年前，在采访时魏东曾说，北大 1987 级生物系的同学可能现在只有 1/3 还在做科研，而您是其中最成功的一个。您如何理解和定义成功？"我问。

"魏东这么说显然是恭维我。虽然我很希望自己有成就，但是我可不敢认

为自己很成功，实际上成功的定义因人而异。我在北大做教授，在学生面前好像是一个相对成功的老师；我两次创业，第一家公司发展得还不错，现在有机会做第二家公司，看起来好像是一个相对成功的创业者。但是坦率地说，我做不到生活得自由自在，做不到很好地平衡工作与生活，我为家庭付出的时间太少，有时感觉自己很自私。从这个角度讲，我真不认为自己是一个成功的人。"

"北大四年，我的挫败感非常强烈"

魏文胜和魏东是北京大学1987级的本科同学，魏东的专业是遗传学，魏文胜学习生物化学，但直到毕业离开北大时，魏文胜对生物化学专业依然没有找到感觉。

"我上中学时读过一篇报告文学，书中主人公的名字我至今记得，她叫徐攀，是北大物理系的学生，后来得白血病去世了。那篇报告文学讲述了她短暂的一生，以及北大物理系的故事。我最喜欢的学科就是物理和数学，后来很长一段时间，北大物理系就成为我中学时代的目标。"

中学时期的魏文胜因为成绩优异，高考前有机会被保送大学。不过，高考那年北大正好有老师去他就读的连云港市新海中学做招生宣传，招生简章上"霞光万丈"的未名湖，让他认定那就是自己要去的地方。

为了更多了解北大的专业设置，魏文胜专门去请教了当地已考入北大的师兄，由此选择了当时最热门的生物化学专业。

"我在中学时期一直自视甚高，热门专业就意味着难考，难考才是我应该选择的嘛，于是我就把自己热爱的数学、物理抛之脑后，选择报考生物化学。当时就是这么一个幼稚的想法。"

1987年，魏文胜如愿考入北京大学生物系。事实也的确如此，生物化学专业集合了若干省市的高考状元，录取分数在北大理科类别中也很高。

"我没有想到,进入北大生物系的光环很快就消失了。我的同学都是从全国各地掐尖来的,我开始品尝一个接一个的打击。第一个打击是英语,我虽然高考英语成绩还不错,但从来没练过听力,听力差的自然就被分到差班。在高考状元云集的班里,我的考试成绩也不再如愿,而课程需要记忆的东西很多,也不是我的兴趣,几乎体验不到像数学和物理那样解出一道难题的畅快感和成就感。"

北大四年,魏文胜的挫败感非常强烈,但他骨子里又不肯轻易认输。学业上的打击让他把兴趣这件事放在一边,"再大的困难也要拿下来"成为他的学习动力,甚至成为他后来职业生涯中一直遵循的价值观。

"在斯坦福做博士后,我依然找不到感觉"

北大毕业后,魏文胜和魏东都在美国密歇根州立大学攻读博士学位,魏东转学微生物学,而魏文胜则转学遗传学。博士毕业后,他们又都到了旧金山湾区。

此后,两人的道路开始不同。魏文胜去斯坦福大学做博士后,师从基因工程技术奠基人之一 Stanley N. Cohen 教授,主要研究肿瘤转移和炭疽毒素感染机制。魏东则先后去了生物技术公司 Chiron(后被诺华收购)及 Applied Biosystems(应用生物系统公司),再后来去宾夕法尼亚大学沃顿商学院就读 MBA。

当年,赴美读博再转行的人不是少数,魏文胜的北大同学获得博士学位后转行的比例也很高。一般而言,从事生命科学研究的人大部分转向两个方向:一类是转读 MBA 转行做管理或者金融,另一类是转学计算机做 IT。其中做 IT 又分两个方向:一类做生物信息,即从在实验室做实验转为处理数据,常被称为"从湿变干";另一类则是完全转向 IT。

"我在北大的同学里不是出类拔萃的，一直到申请出国也不是很顺利。甚至在斯坦福做博士后，我对专业的认可和成就感依然不到位。在美国转行成功的往往是那些头脑比较灵活、语言成绩很好的同学，比如魏东。我也做过一段时间的转行准备，但后来还是没有机会转行到自己满意的地方。人生永远无法预知，那些没有成功、未遂人愿的尝试造就了后来更多的可能性，那些曾经的伤痛也都成为成长过程中命运的安排，最终我就成了'在一棵树上吊死'的那个人。"

"被老师发邮件骂了一顿，我下定决心回国"

2006年，正在斯坦福做助理研究员的魏文胜因一次偶然的机会受邀去北大作学术报告，随后参加了北大的招新面试，并得到了offer。当时的魏文胜对前途有些茫然，是否回国也没有清晰的规划，再加上北大为新教职员工提供的待遇不高，魏文胜就没有急着回国，而是在美国又待了一年。

期间，有一个小插曲改变了魏文胜的想法。出国前他曾在北大朱玉贤教授的实验室做技术员待过一段时间，出国后与朱教授也保持着联系。一天，他接到朱教授的电子邮件被"骂了一顿"，朱教授说自己当年从康奈尔大学回国时待遇更差，他告诫魏文胜不要纠结于一时的待遇问题，最关键的是自己能做出什么成绩。

"接到朱老师的邮件后，我开始反问自己究竟更看重什么。在国内，北大有顶尖的学术平台，能够在北大开始自己的下一段人生，其实是很难得的机会。虽然回国的工资待遇不能令人满意，但与国内同行相比也不算太差，况且自己在物质上并没有那么多需求。虽然回国后就发现自己也需要买房子，而北京的房价又那么贵（笑）。"

2007年，魏文胜下定决心回到北大。

"回到北大，现实压力让我很快清醒"

回国前，魏文胜觉得能在北大建立自己的实验室，至少是很有"面子"的一件事，就像当年刚进入北大校园时一样。但他很快就意识到，那些"虚头巴脑"的事根本不重要，因为现实压力已经接踵而来。

"我没有管理实验室的经验，一切都需要从零开始。我一边教学，一边招学生进实验室，还要尽可能快地出成绩。这些压力让我很快清醒，在北大，我必须好好做人、好好做事。"

魏文胜延续了在斯坦福的课题方向，主要研究病菌感染与宿主之间的相互关系。两年后，他对基因编辑产生了浓厚的兴趣。当时，基因编辑技术还没有建立，他只是单纯地想实现在高等真核细胞里完成对基因的敲除。2009 年初，魏文胜决定把研究方向转向基因编辑。

2009 年 10 月，*Science* 发表文章公布了基因编辑技术 TALE（转录激活因子样效应物）。当时，魏文胜实验室已经进行了大半年有关基因编辑的调研和实验，于是很快深度参与到这项技术的后续研发。2012 年，CRISPR 基因编辑技术诞生。作为国内最先参与者之一，2014 年魏文胜实验室在 *Nature* 发表了基于 CRISPR 系统的基因高通量功能性筛选平台的成果。之后，他的实验室对基因编辑技术的研究得以快速发展。

2020 年，CRISPR 基因编辑技术的两位发明者获得诺贝尔奖。那时经常有外行说魏文胜好有眼光，很早就瞄准基因编辑技术。魏文胜坦言，当初选择做基因编辑有点像赌博，因为做成的可能性小，如果一直发不了有分量的文章，像他这种刚回国的人可能要面临走人的尴尬境地。

事实上，回到北大的最初几年，魏文胜一篇文章都没有发表。他还要不断给学生打气说在做一件非常有意义的事，只是暂时遇到一些困难。

"那时感觉就像在刀尖上起舞，明知成功的可能性很小，我为什么还要坚持做困难的课题？原因与我的个性有关。一方面我对感兴趣的东西有深入探索的冲动，认准的事情就要去做，对风险并不在意，比较'虎'；另一方面也反映了我的'不智'，因为聪明人会预判可能的风险然后作出聪明的选择，而我不属于最聪明的那类人。"

"如果不创业，我会后悔"

随着基因编辑技术的发展，国内外都涌现出很多基因编辑相关的公司。在国家倡导科技转化的大背景下，北大也希望魏文胜能做一些尝试。

那段时间，魏文胜纠结于自己是否适合创业。一方面，实验室项目正处在非常较劲的阶段，他怎能不全力以赴？怎么可能再有余力去创业？另一方面，他又有点放不下，如果现在不去尝试创业，三年五载后会不会后悔？

"我不会因为困难或者辛苦而放弃一件事，是否有意义和价值才是我的考量。这样一想，答案似乎也呼之欲出了。尽管我知道创业成功的概率很小，就像当初决定做基因编辑一样，但是如果不去尝试，我觉得自己一定会后悔。"

2015 年，魏文胜创立博雅辑因。当时北大对于教师创业的支持还没有形成清晰的政策，但魏文胜对此并没有太多顾虑。

"技术只有被应用才能体现价值。我们有太多的技术专利无法落地，还不得不为专利支付维护费。技术的时效性很强，如果不及时应用错过窗口期，专利技术将会变得毫无价值。我不想拘泥于常规的局限，因为只有做成才真正有意义。"

2017 年，国家层面出台了很多鼓励技术转化的政策性文件，为创新创业提供了有力的支持。北大也在不断完善自己的技术转化政策，鼓励和支持教师将技术创新的价值最大化。

博雅辑因创立的两年间，确立了把技术转化为临床治疗手段的目标，同时尝试发展 CRO 的运营模式。2017 年，博雅辑因入选 *Nature Biotechnology* 十个被资本看好的技术密集型初创公司，是当年唯一入选的亚洲公司。2019 年，魏文胜入选"北京市留学人员创新创业特别贡献奖"。

"他说不可能加入博雅辑因，但我没有放弃"

博雅辑因负责运营管理的是另外两位联合创始人，但大家都缺少把技术转化为临床治疗产品的运营经验。作为博雅辑因的科学创始人，魏文胜不得不承担起融资、管理等角色。

"第一次创业经历过的困难太多了，真正运行一个公司，从确立战略方向到招人、再到融资，方方面面都是挑战，所以我一直希望能够找到合适的 CEO。"

为博雅辑因的运营找到合适的带头人，成了魏文胜面临的最紧迫的挑战。事实上，越是初创阶段的公司越需要有经验的人引领，但是这样的公司越在早期阶段越不容易吸引到资深的人才，这几乎是一个无法调和的矛盾。

魏文胜想到了他的北大同学——魏东。

从沃顿商学院毕业后，魏东转行加入德勤咨询（Deloitte Consulting）从事战略研究。三年后，魏东重新回到产业界，加入 BioMarin，负责不同疾病领域的研发项目管理。再后来，他又先后加入 Elan Pharmaceutical（后被 Perrigo 收购）和强生，从事阿尔茨海默病的研发项目管理工作。

博雅辑因是刚刚创立两年的"小萝卜头"，彼时的魏东正在美国大公司里施展拳脚。尽管说服魏东加入博雅辑因的可能性不大，魏文胜还是决定试一试。

"我就直接给魏东打了电话，问他能否加入博雅辑因。他回答得很痛快，直接说不可能，我只好让他帮忙在美国寻找合适的人选。但我也没有放弃，经常给他打电话描绘博雅辑因的宏伟蓝图，向他吹牛。"

魏东曾说"基因编辑"这个词在当年北大同学群里一直是个神奇的存在，虽然大家对魏文胜的科研精神和创新性都很佩服，但一直都不太清楚"基因编辑"究竟是干什么的。

为了帮助魏文胜找 CEO，魏东详细了解并研究了基因编辑的发展历程及博雅辑因可能的发展方向。基因编辑技术的前沿性和博雅辑因的技术转化潜力让魏东既惊讶又兴奋，基因编辑和细胞疗法加在一起代表了一种全新的方向，而当时博雅辑因的发展方向已基本成型。如果他加入博雅辑因，就可以加速这一创新技术的发展。

2018 年 7 月，魏东决定接受魏文胜的邀请，回国加入博雅辑因。

"我在博雅辑因的战略方向上一直很犹豫，一方面我希望博雅辑因能专注于临床应用的探索，另一方面，作为初创公司又放不下能够立竿见影有所收益的 CRO 服务业务。魏东来了以后快刀斩乱麻，明确了博雅辑因聚焦于以基因编辑技术为中心的四大平台发展方向。"

博雅辑因的四大治疗平台包括体外基因编辑治疗平台造血干细胞平台、通用型 CAR-T 平台，基于 RNA 碱基编辑的体内基因编辑治疗平台，以及致力于创新靶向疗法研发的高通量基因组编辑筛选平台。产品管线则自然分布于这四个平台上。

魏东加入后，博雅辑因在不足两年的时间里融资 2.5 亿人民币。在随后的一年中，博雅辑因建立起 GMP 生产质控、临床前研究、临床和注册等核心团队；公司的管理层也从以前单一型的团队管理进入跨部门的团队管理，同时进入跨公司的项目合作层面。

魏东凭借多年的管理经验把博雅辑因带上了快速发展的轨道。魏文胜也因此能把更多时间和精力投入到科研中，在技术层面发挥更大的推动作用。

2021年1月，博雅辑因针对输血依赖型β地中海贫血的ET-01的临床试验申请获国家药监局批准，成为国内首个获国家药监局批准开展临床试验的基因编辑造血干细胞在研产品。

从2021年下半年开始，博雅辑因陆续与威斯康星大学麦迪逊分校、北京协和医院、细胞生态海河实验室、Arbor Biotechnologies、星奕昂生物、波士顿儿童医院、北京大学肿瘤医院等国内外顶尖机构和企业达成合作或授权，推进基因编辑疗法的开发。

2018年8月至今，博雅辑因已累计融资超过11亿元人民币，投资者包括自A轮起领投的IDG资本、礼来亚洲基金、松禾资本、三正健康投资、正心谷资本，其他投资者有华盖资本、ETP致和康道投资、嘉道谷投资、红杉资本中国基金、雅惠投资、昆仑资本、海松资本、博远资本、夏尔巴投资等。

2022年3月，博雅辑因创立7年之际，捐资设立北京大学生命科学学院博雅辑因发展基金，支持北京大学生命科学学院开展各项技术交流活动，推动科技成果转化，培养多方位人才。作为发端于北京大学生命科学实验室的科创企业创始人，魏文胜说希望用技术转化产生的价值反哺和回报母校。

"生命科学本来就是非常接地气的科学，如果你有一项技术能够治病救人，那种感觉与在象牙塔里发表几篇文章是完全不一样的。从科研角度，我们前面永远是无人区，所以必须突破规则。现在我已经习惯去做没人做过的东西、去走没人走过的路，只要我认为那是正确的方向。"

"我想要的，就是解出难题后的那种感觉"

真正让魏文胜找到"感觉"的是回国建立自己的实验室以后，他终于在做科研的过程中找到了当年"解出难题"的畅快感。

2019 年，魏文胜实验室在 *Nature Biotechnology* 上发表论文，首次报道了新型 RNA 编辑技术 LEAPER（leveraging endogenous ADAR for programmable editing on RNA）。与以 CRISPR 为基础的 DNA 或 RNA 编辑技术不同，LEAPER 仅需要在细胞中表达特殊设计的 arRNA（ADAR-recruiting RNA）即可招募细胞中内源脱氨酶 ADAR 将特定的腺苷转化为肌苷，从而实现对 RNA 的高效、精准编辑。

由于无需引入外源编辑酶或效应蛋白，LEAPER 从根源上避免了由此引起的递送及相关免疫源性等问题，LEAPER 作为一种 RNA 编辑工具，也不会引起基因组序列改变，因而在安全性方面具有优势。

LEAPER 的局限性在于由于它利用的是内源编辑酶，其编辑效率会受限；具有一定长度的 arRNA 可能使目标编辑位点邻近的碱基发生脱靶编辑。魏文胜实验室研究发现，通过优化表达载体中的启动子增强 arRNA 表达可以显著提升 LEAPER 系统的编辑效率，这表明 arRNA 在细胞中的丰度对于编辑效率至关重要，然而，线性 arRNA 在细胞内容易被降解的特点成了制约因素。

为了解决这一难题，实验室通过设计并运用可招募 ADAR 的环状 RNA（circular ARAR-recruiting RNA，circ-arRNA）提升编辑效率，LEAPER 技术由此进入 2.0 时代。

2022 年 2 月，魏文胜实验室再度在 *Nature Biotechnology* 发表题为"Engineered circular ADAR-recruiting RNAs increase the efficiency and fidelity of RNA editing in vitro and in vivo"的研究论文，报道了 LEAPER 的升级版本 LEAPER 2.0。

"LEAPER 2.0 版本经过多重设计改造，在体外和体内均大幅提升了编辑效率，同时降低了脱靶效应。LEAPER 在科学研究、疾病治疗等方面都有优势和潜能，我们致力于不断提升其效率和精准性，从而不断拓展其在疗法开发和基础研究方面的应用潜力。"

值得注意的是，LEAPER 完全摆脱了对 CRISPR 基因编辑系统的依赖，是具有自主知识产权的核心技术，具有原始创新的重要意义。

"做科研比以前纯粹解题更有挑战性。首先你要想到一个具有价值的问题，然后要有技术能力去解决它；自己解决了还不算，还要被领域内的专家认可。这才是解决难题好玩儿的地方，也正因为难，才能激发出我们的兴趣，才能让人在成功解决问题后获得满足感和成就感。我想要的也就是这种感觉。"

"第一次创业让第二次创业少走一些弯路"

2020 年新冠疫情初起时，魏文胜的学生建议在实验室尝试用环状 RNA 表达蛋白做疫苗。魏文胜当时的第一反应是"不要做这么低级的事情"，因为他觉得做疫苗的技术含量不高。经反复讨论后，他还是采纳了学生的建议，决定尝试。那时 BioNTech、Moderna 的 mRNA 疫苗还没有出现，而新冠疫情已经在全球蔓延开来。

环状 RNA 由于其共价闭环结构可以保护其免受外切酶介导的降解，相比于线性 mRNA 具有更高的稳定性。2021 年 3 月，魏文胜团队在 *bioRxiv* 上发表题为 "Circular RNA Vaccines against SARS-CoV-2 and Emerging Variants（抗 SARS-CoV-2 和新变种的环状 RNA 疫苗）" 的预印本论文，报道了编码新冠病毒刺突蛋白三聚体受体结合域（RBD）的环状 RNA 疫苗（circRNA^{RBD}）可以通过体外转录快速生成，且不需要核苷酸修饰，具有高度稳定性。研究团队还通过脂质纳米颗粒（LNP）封装的 circRNA^{RBD} 疫苗成功诱导了强有力的持续中和抗体，且该疫苗具有较强的热稳定性。更重要的是，编码 RBD 变体（K417N-E484K-501Y）的环状 RNA 疫苗成功在小鼠体内诱导产生了有效中和 Beta 变异株的抗体，揭示了环状 RNA 疫苗在抗击新冠变种病毒上具有良好的应用前景。

2021年4月，魏文胜创立圆因生物，致力于利用环状RNA技术开发疫苗及新型治疗方法，以解决临床上未被满足的疾病需求。11月，圆因生物宣布完成超亿元Pre-A轮融资。

2022年3月，顶级学术期刊 *Cell* 在线发表了魏文胜课题组题为"Circular RNA Vaccines against SARS-CoV-2 and Emerging Variants"的研究论文，首次报道了环状RNA疫苗技术平台以及据此开发的针对新冠病毒及其一系列变异株的环状RNA疫苗，能够有力对抗德尔塔、奥密克戎等多种新型冠状病毒变种。

圆因生物的创立，成为魏文胜团队顺利将环状RNA技术产业化的一个重要标志。

"第一次创业给我带来很多经验和教训，现在博雅辑因已经走上正轨，各类人才齐聚，在圆因生物的最初阶段给予了很大支持，让圆因生物在初创期少走一些弯路。当然，两家公司是各自独立的，我在其中的角色也一样，作为创始人和科学顾问来出谋划策。两家公司处在不同的发展阶段，我需要做的事情也有所不同。我很幸运，还可以全身心投入到我感兴趣的研究领域。"

对话

宁静： 新冠疫情暴发以来，mRNA 疫苗进入大众视野，并已经在全球多个国家接种应用。环状 RNA 疫苗作为后起之秀，相比于 mRNA 疫苗有哪些优势？

魏文胜： mRNA 疫苗从设计抗原序列开始算起，仅需几周时间就可以制备出临床规模的疫苗；而且 mRNA 的生产是无细胞的，只需在体外使用容易获得的材料来进行生产。所以，与传统疫苗相比，mRNA 疫苗在安全性、有效性和生产方面均表现出无可比拟的优势。

但这种由线性 mRNA 制备的疫苗仍存在一定的缺陷：首先，线性 mRNA 分子的稳定性较差，容易在高温或有核酸酶的存在下降解，这也导致 mRNA 疫苗成品的运输和储藏成本较高（通常要保存在 –20℃或 –70℃条件下）。其次，尽管自我复制型的 mRNA 疫苗可以大幅提高抗原产量和免疫持久度，但较大的相对分子质量会导致 mRNA 不够稳定且生产难度增加。

体外环化 RNA 技术为 mRNA 疫苗的开发提供了一种既能稳定存在又能有效诱导免疫原产生的替代性手段。因为环状 RNA 的共价闭合环结构可以保护它免受外切酶介导的降解，因而具有更高的稳定性，可以作为一种全新的疫苗和治疗平台来开发。

通过体外高效制备高纯度环状 RNA 的技术平台，我们实验室针对新型冠状病毒及其变异株，设计了编码新冠病毒不同变异株刺突蛋白（Spike）受体结构区域（RBD）的环状 RNA 疫苗。我们把针对德尔塔变异株设计的环状 RNA 疫苗注射到动物体内（小鼠和猴），能产生较高水平的针对不同变异株的中和抗体活性，也能产生很强的 T 细胞免疫。

除疫苗以外，体外环化 RNA 技术还可以广泛开发应用于罕见病、慢性病、癌症及其他疾病领域的预防或治疗。

宁静：环状 RNA 技术在国内外研发现状如何？基于该技术的疫苗又有哪些进展？

魏文胜：据我所知，美国有两家公司在做环状 RNA 技术。

Orna Therapeutics 创立于 2019 年，专注于开发原位 CAR-T 疗法，即利用环状 RNA 技术将嵌合抗原受体（CARs）直接递送到患者体内的免疫细胞中。环状 RNA 可以给患者较小的剂量就能获得预期的治疗效果，也可以应用于需要高蛋白质水平的疾病治疗领域，而这些领域是基于线性 RNA 的治疗不能达到的。目前这家公司已累计融资约 1 亿美元。

另一家公司 Laronde Orna Therapeutics 创立于 2017 年，计划在未来十年内创造出 100 种环状 RNA 药物。2021 年这家公司融资约 5 亿美元，由 FP（Flagship Pioneering）领投，FP 是 mRNA 领军企业 Moderna 的天使投资公司之一。

圆因生物的环状 RNA 疫苗已经在临床前申报阶段，获批后将可以开展临床试验，证明其在人体的安全性及有效性。一个新技术能在这样一种特殊的场合得到验证，契机非常重要。

另一方面，虽然理论上环状 RNA 疫苗有很多优点，但不同技术路径还不能简单地说哪一个更优，所有结论都需要数据说话。

宁静：您对圆因生物的未来有怎样的预期？

魏文胜：我对圆因生物期待很大，因为它是一个平台型技术公司，它的发展就不仅仅局限于某个药物或产品，我期待这棵树上能开出不同的花。

美国的 mRNA 疫苗研究已经做了很多年，如果没有之前的投入，就不会在这次疫情中及时顶上来。从战略储备的角度，一个新技术要得以发展就需要得到各方支持，未来面对突发疫情时才可能成为更有力的武器。在环状 RNA 技术的产业化方面，目前我们至少和国外最前沿的企业是齐头并进的。

我们都希望新冠疫情赶快结束，但是谁也不知道下一场疫情何时、何地、以什么方式来临。所以，我们国家一定要有自己的核心技术，要有能力做出更有效的疫苗。

宁静：未来技术的创新有赖于更年轻的一代，作为 30 年前考入北大的佼佼者，回顾自己的求学及职业经历，您想对正在求学的年轻人说些什么？

魏文胜：高考前，我曾是一个骄傲的中学生。从在北大四年的求学到出国留学，从在斯坦福做博士后到决定回国自立门户，从建立独立实验室到选择创业，我的经历里充斥着各种不顺和失败。从某种角度看，我一直在接受挫折教育，可见失败也并不可怕。

有时候我也会想：一路顺风顺水的人生就一定更好吗？会不会容易过上安逸却相对平庸的人生？无论在哪里求学也只是漫长人生的一个节点，真正能站上事业巅峰的成功不一定是靠世俗意义上每一阶段的成功堆积而成的。

回头看，经历过这么多，我现在依然更愿意选择需要助跑起跳才摸得着的东西。

（采访时间：2022 年 6 月）

访谈后记

（2023年1月）

最初了解魏文胜老师是源于对博雅辑因 CEO 魏东先生的访谈，我曾半开玩笑地问他们俩是不是有亲戚关系，不然怎么那么巧都姓魏？！后来与他们交流的过程中，我不得不先在称谓上作出区分：一位是魏总（魏东），一位是魏老师（魏文胜）。

魏老师给我最深刻的印象是一个字——忙！

身为北大教授，他有着规模不小的研究实验室，同时还有两家创业公司，怎么会不忙呢？我记得在线采访当天正值北京疫情局部封控时，电话里传来孩子稚嫩的声音。他说因为疫情，那段时间是他在家里陪伴孩子最长的一段日子。

采访快要结束时，我问他除了工作之外最喜欢做什么，他说其实自己是一个爱好蛮丰富的人，喜欢运动，比如打排球、篮球；也曾是文艺青年，喜欢写点儿东西，但是现在如果真的花时间关注自己的爱好就会有负罪感。

因为知道他特别忙，我一直很不好意思打扰他。后来因为访谈录初稿涉及很多需要确认的细节，我才在采访后一个月跟他的助理要求加他的微信，以便沟通文字上的取舍。魏老师因为修改稿拖得太久而"隆重致歉"，之后便无更多交流。

访谈录发布后，北京大学前沿交叉学科研究院现任院长韩启德老师给我发来一段文字，讲述他与魏老师的一面之交：

"我与魏文胜是在今年北大前沿交叉学科研究院毕业典礼上见面的。当时他作为导师代表发言,他发言的中心思想是关于如何接受挫折,给我留下深刻印象。他是一个非常有原创精神的学者,近年来取得研究成果转化的成功,成为出色的科研与创新创业的两栖类学者,非常难得。你的访谈录抓住了他的特点,很有启发性。"

新年夜,意外收到魏老师的微信:"谢谢你的采访以及对我的包容,祝福2023平安健康。"

记录下这些点点滴滴,是为访谈后记。

魏文胜：只有尝试，才能造就更多可能性

魏东（左）和魏文胜（右）在北京大学校园留影

崔景荣

中国科学技术大学应用化学系学士及硕士,美国俄亥俄州立大学有机化学博士,美国加州大学伯克利分校劳伦斯伯克利国家实验室从事博士后研究。

她曾在辉瑞(Pfizer)领导肿瘤药物研发长达 14 年(其中 4 年在 SUGEN),主导设计研发了肺癌新药克唑替尼(crizotinib)及劳拉替尼(lorlatinib)。荣获第 38 届美国年度国家发明奖,2013 及 2021 美国化学会化学英雄奖,辉瑞 2006 和 2012 全球研发成就奖及辉瑞 2011 年创新奖。她曾参与舒尼替尼(sunitinib)的研发,主导 c-MET 特异性抑制剂 PF-04217903 的研发设计。

2013 年创立生物制药公司 Turning Point Therapeutics,设计研发了新一代 ROS1 抑制剂 repotrectinib(TPX-0005)并获得美国 FDA 三项突破性疗法认定。2021 年创立生物制药公司 BlossomHill Therapeutics,专注于肿瘤和自身免疫病领域。

崔景荣：如果人生可以重来，我还会做药物化学家

如果人生可以重来，我还会选择化学，也还会做药物化学家，因为我感觉做药物研发是一种使命，一种责任，当然也乐在其中。

——崔景荣

《273亿！医药巨头收购华裔科学家公司，对国内Biotech有何启示？》，2022年6月这则标题新闻在国内医药圈引发关注——医药巨头百时美施贵宝（BMS）宣布并购纳斯达克上市公司Turning Point Therapeutics，并购总额为41亿美元（当时约合273亿元人民币）。

实际上，引起大家关注的并非交易的额度，而是这笔并购案背后在药物研发领域有过突出贡献的华裔女科学家——崔景荣。让我更感意外的是：她和丈夫李一山正在创建第二家生物医药公司。

记得有一个有趣的统计数据：如果想联络到一个人，需要的中间环节不会超过六人。我开始梳理可能联络到她的路径，想亲自佐证这个统计数据的合理性，没想到结果异常顺利——尽管她远在地球的另一面，中间联络环节居然没有超过两人。

于是，我们开始了微信对话：

"宁静您好。我读了您的一些访谈录，我在考虑自己是否适合您的采访。

因为我一直在美国学习、工作、创业，没有海归经历，而您的受访者都在国内创新创业，我的经历可能不具有代表性，可能不适合您的访谈。"

"景荣老师您好。我确实一直在讲述中国医药领域创新创业者的故事，但看过您的新闻报道后，我想尝试换个角度：在海外的华人科学家何以创新创业成功？背后的原因是否对国内医药同行有所借鉴？中美在医药创新方面还存在差距，您的经历是否可以折射出其中的原因？尽管您没有归国，但您的经历是海外华人科学家的代表，也许您的故事会给更多人带来启发，间接促进中国创新创业生态系统的健康发展——这也是我们做创新者系列访谈录的意义。不知这些能否打消您的顾虑？"

"谢谢，如果这样我就比较放心了。"

"没必要把时间和精力消耗在自己不喜欢的事情上"

"大概两年前，中国科学技术大学（以下简称科大）请我做一个线上讲座，针对现在从上学到工作普遍存在的焦虑感，我和科大校友交流了一些个人体会。焦虑感实际上对人的影响特别大，非常不健康。其实，不管处在求学的哪个阶段，最重要的是发现自己感兴趣和擅长的领域。因为兴趣和擅长可以让人愉快地投入一件事，压力不是负担反而会成为动力。所以，当发现专业不适合自己的时候，即使读了研究生也可以再改，因为人的一生很长，没必要把时间和精力消耗在自己不喜欢的事情上。我觉得自己很幸运，早在中学时代就发现了自己的兴趣和擅长。"

崔景荣的中学时代在陕西师范大学附属中学度过。她所在的班级师资力量特别强，尤其是数理化，她上化学课感觉尤为轻松，甚至觉得自己的基因就适合学化学。直到现在，她仍然非常喜欢化学，即使不再需要亲自做实验，也依然经常去实验室看看，"因为兴趣始终在这儿"。

崔景荣很感恩在遥远的中学时代就遇到了好老师。老师对学生的影响可能是终生的，传授知识只是表面，能否引发学生的进一步思考、逻辑思维能力的建立对孩子的影响更为深远，在今天的教育环境下，显得尤其珍贵。

"不管哪个时代的孩子，中学阶段都非常重要。我知道现在很多中国学生在学奥数，但奥数不是衡量天才的唯一标准。每个人的天分都不一样，适合学有机化学的人反而不适合学数学，比如我虽然数学可以考满分，但我知道自己不是学数学的材料。人的大脑都有一定的倾向性，中学阶段要发现自己擅长的学科，找到自己的兴趣最重要。"

1980年，崔景荣在西安参加了高考制度恢复后的第四次高考，进入中国科学技术大学应用化学系。那是一个科学至上的年代，科大直属中国科学院，在招生方面有很大吸引力，当时各省高考前几名的学生几乎都报考了科大，崔景荣也成为科大在陕西省招收的5名学生中唯一一个化学专业的学生。从此，化学伴随她一生。

"我一直认为在科大受到了世界一流的大学教育"

当时科大学习氛围很浓，学业任务也很重，本科五年时间中有三年学基础，即使在化学系，对数学、物理的学习要求也很高。崔景荣记得那时唯一的课外生活就是在学校里打打球，其余时间都在图书馆、自习室或实验室度过。

"我一直认为在科大受到了世界上一流的大学教育。虽然大学所学知识将来不一定会直接用到，但大学的知识基础和对思维的培养，可以让人在走出校门后能够自学任何东西。教育不能目的性太强，如果只奔着某个职业去，知识面就太窄了。实际工作中往往需要跨学科，那些曾经以为'无用'的知识就会像泉水一样一点点滋润你。"

大学毕业后，崔景荣考取了科大化学系硕士研究生。在科大八年，她有了扎实的高等化学基础和严谨的逻辑思维能力，她渴望能够完成更完整的学业——拿到博士学位，但特殊历史原因造成当时国内的博士教育还不成熟，所以她决定出国读博。

1989 年，崔景荣远赴美国俄亥俄州立大学攻读有机化学博士。与她同期赴美读博的还有日后成为她的生活伴侣、事业搭档的丈夫李一山。

李一山：中国科学技术大学应用化学系学士，美国俄亥俄州立大学分子生物学和生物化学博士，美国加州大学伯克利分校从事分子生物学博士后研究。曾任 Kenson Ventures 副总裁，Epitomics 副总裁、执行副总裁。2013 年和崔景荣联合创立生物制药公司 Turning Point Therapeutics，2021 年再次和崔景荣联合创立生物制药公司 Blossom Hill Therapeutics。

"我觉得去工业界做研发更适合自己"

崔景荣在美国读博士研究生的经历跟别人不太一样。因为她的导师当时已经处于半退休状态，几乎很少出现在实验室，所以整个研究生阶段基本靠她自己完成。

"从短期来看我发表的文章不如别人多，但从长远来讲，那是一个非常好的训练，因为导师不能经常指导，我不得不独立思考解决问题。最终我很好地完成了毕业论文，这还是要归功于国内非常扎实的基础教育。"

博士毕业后，崔景荣带着不满一个月的女儿搬到了加州，在加州大学伯克利分校劳伦斯伯克利国家实验室从事博士后研究。那一年，她开始认真思考什么才是适合自己的未来职业选择。

"我们这些在 20 世纪 80 年代出国的学生，在国内学的很多是'哑巴英语'——能读能写，听说就很弱。如果口语不那么地道，在大学里做教授的压力会很大，同时我更喜欢应用研究，所以我觉得去工业界做研发更适合自己。"

做博士后研究一年后，崔景荣进入北加州旧金山湾区的一家生物技术公司。在随后的 8 年时间里，她因为工作变动数次搬家，迁徙于南加州、北加州之间。

1999 年，崔景荣和李一山带着两个女儿从南加州圣地亚哥又回到北加州。崔景荣进入生物技术公司 SUGEN，李一山则暂停工作进入加州伯克利大学 Haas 商学院攻读 MBA。

李一山完成博士后研究之后，进入一家生物技术公司负责产品开发，作为部门主管有机会参与市场、销售等部门的工作。他发现自己对商务工作更感兴趣，工作两年后便想去商学院读书。崔景荣非常支持他，于是李一山作出全职就读 MBA 的决定。回忆起那段经历，李一山仍然感动于妻子一个人工作全力支持他在商学院读书的两年时光。

MBA 毕业后，李一山进入风险投资公司 Kenson Ventures LLC 任副总裁。这是一家在美国华人圈里最早专注于生物领域的投资公司，是美国著名的华人生物技术企业家 Kenneth Fong 博士创办的。在和 Kenneth Fong 一起工作的两年多时间里，李一山受益匪浅，兼具生物专业和商学院的背景也让他得以快速成长并对公司作出了很大的贡献。

"每一次创新都是焦虑到极点之后的突破"

生物技术公司 SUGEN 由基因泰克的早期科学家 Axel Ullrich 于 1991 年创立，21 世纪初已成为开发蛋白激酶抑制剂的先锋，拥有 140 个蛋白激酶或磷酸酶的知识产权。SUGEN 研发管线中最著名的项目——抑制多种受体酪氨酸激酶（RTK）的小分子药舒尼替尼（sunitinib），正是 2006 年由辉瑞推向市场的抗癌药索坦（sutent）。

SUGEN 的科研项目之一是以 c-MET 为靶点开发小分子抗癌药。癌症是人体的某些正常细胞基因突变后脱离了机体的调控无限制繁殖造成的，因突变而过度活跃的受体酪氨酸激酶（RTK）是最常见的一类致癌蛋白，c-MET 属于 RTK 的一种。异常的 c-MET 信号传导被发现几乎存在于所有实体瘤中，参与或驱动癌变的多个步骤，工业界一直在寻找靶向 c-MET 的小分子抗癌药。

21 世纪初，制药公司主要使用两种技术路径研发小分子药。第一种是建立化合物库，通过高通量筛选技术找到能结合靶蛋白的分子，这些化合物来源于自然界（植物、真菌等）或化学合成。虽然这一技术能找到结合靶蛋白的化合物，但成药性往往不够理想。第二种是基于靶蛋白结构的药物设计，即根据靶蛋白酶与底物或辅因子（比如激酶与 ATP）结合的三维晶体结构来设计小分子。这种设计技术对药物设计师的要求很高，既需要有深厚的化学功底，还需要考虑候选分子的成药性。

崔景荣正是一位药物分子设计师。她加入 SUGEN 的第二年开始接手 c-MET 项目，主要负责为该项目制定目标和战略，并亲自改造和设计新的分子。她的助手按照她的想法合成化合物，团队再做各种实验检测化合物的活性。最终新化合物的活性将决定如何继续改造分子，周而复始，直到设计出最理想的化合物分子。

"药物研发需要漫长的过程，进步是一点一点发生的。一个好的数据能立刻让我高兴起来，如果数据一直没有突破就要及时停止，去探索新的解决方法，新问题解决了又会觉得非常兴奋。在研发过程中有很多不同的兴奋点，让人几乎停不下来。"

崔景荣带领团队用了一年的时间优化出化合物 PHA-665752（PHA 代表 Pharmacia），并在临床前实验中被广泛使用，由此确定了以 c-MET 为靶点治疗多种癌症的可行性。但 PHA-665752 成药性很差，其相对分子质量超过了 600，而理想的小分子药相对分子质量不应超过 500；另一方面，它的组织渗透力较低，在水中的溶解性很差，在体内很快就被降解代谢。

崔景荣的目标就是以 PHA-665752 为模板继续调整化学结构，找到相对分子质量更小、脂溶性低、成药性强的候选化合物。随着一个个新化合物被设计合成出来又一个个被否定，项目团队陷入了困境，2001 年在挫败中结束。

"做科研的过程中，每一次创新都是在走投无路、让人焦虑到极点之后的突破，因为创新就要打破束缚，新思维的产生又会产生新的问题，周而复始，直到取得成功。药物创新就是连续解决问题的过程，比如刚解决了药物活性问题，药物吸收又成为障碍，吸收问题刚解决，毒性问题又凸显出来，所以我大部分烦恼都跟药物研发有关。回头看这些都是非常有意思的过程，但身在其中时常常感觉非常挫败、煎熬。"

"我负责的项目就像我的第三个孩子一样难以割舍"

2002 年春天，崔景荣收到了由 Pharmacia 意大利团队提供的 c-MET 的激酶结构域（KD）结合 PHA-665752 化合物的 X 射线衍射晶体结构。有了共晶结构数据，优化药物结构的工作就不必再"摸黑"前行，药物设计因此变得更为理性。

崔景荣看到的是世界上第一个 c-MET 激酶与抑制剂结合的三维结构，揭示了 c-MET 独一无二的非活化构象及 PHA-665752 化合物与之相结合的重要作用点。她感觉化合物结构相对于功能而言没有取得最佳效率，应该可以通过精简得到更有效的分子。她有了一个新的设计想法，结构完全跳出 PHA-665752 的框架，可能是药物设计上的一次飞跃。

药物分子优化过程中，每一个基团的改变都可能带来变数。2002 年 5 月，按照崔景荣新思路设计的一系列化合物的酶学数据有了结果，其中几个化合物的活性数据让团队看到了希望。在蛋白质三维结构的指导下，崔景荣分析了化合物的活性变化趋势，她相信自己的设计方向没有错。随后，她设计了以5-芳基-3-苄氧基-2-氨基吡啶为骨架的更多化合物并委托CRO企业去合成，以便能加快速度。

2002年7月15日，辉瑞宣布以600亿美元收购Pharmacia，并计划在几个月内完成并购整合。辉瑞当时有几个抗癌药的研究点，因此SUGEN面临被关闭重组的可能。

崔景荣团队c-MET抑制剂的研发此时正进入关键时刻。虽然公司里很多人都在观望，等待未来公司的命运，崔景荣带领团队依然专注于c-MET抑制剂的优化研发。年末，终于攻克了困扰已久的细胞活性问题，开始了动物实验。三个月后，新的化合物在小鼠实验中显示出良好的抗肿瘤活性，崔景荣团队需要时间继续优化结构以解决与药物动力学相关的问题。

就在此时，辉瑞宣布关闭SUGEN，所有项目由辉瑞接手。

"当宣布SUGEN被辉瑞并购时，大部分人已经开始找工作了。我的性格特点是只要认准的事绝不会轻易放弃，所以在那种摇摆不定的时期取得突破相当不容易。我从晶体结构出发做设计是一种非常跳跃的思维，没想到刚拿到结果公司就要关门了。这个项目的整个设计是创新的，感觉就像我的第三个孩子一样难以割舍。"

崔景荣面临着两难的选择。虽然北加州生物技术公司众多，但辉瑞在北加州却没有工作机会，如果她要继续做c-MET项目，就要向辉瑞在圣地亚哥的分部重新申请工作。而此时崔景荣一家四口已经在北加州安家落户，李一山在投资公司工作很顺心，两个女儿在各自的学校也很开心。如果去圣地亚哥工作，就意味着现有的生活将完全被打破。如果不去辉瑞呢？崔景荣沥尽心血的

c-MET 项目很可能消失在辉瑞数量庞大的在研项目中。

2003 年夏天，崔景荣决定去辉瑞，李一山最终尊重了她的选择，因为他觉得她的快乐对家庭最重要。他们卖掉了北加州的房子，崔景荣带着两个女儿到圣地亚哥安家，李一山则租了一间公寓，继续留在北加州的投资公司工作。此后，李一山每周都在南北加州之间飞一个来回，直到 2013 年也到了圣地亚哥。

"辉瑞十年，我已不再只是一个化学家"

进入辉瑞圣地亚哥分部后，崔景荣继续 c-MET 项目候选化合物的优化。一年后优化工作完成，确定了最终的候选药物分子 PF-02341066（PF 代表辉瑞），后来被命名为克唑替尼（crizotinib）。在后续研究中，克唑替尼被发现对激酶有高度的选择性，特异性抑制 c-MET、ALK（间变性淋巴瘤激酶）和 ROS1，对其他激酶的细胞抑制活性很低——这预示着克唑替尼的安全性会很好。

2006 年，克唑替尼进入一期临床试验，随后显示出良好的安全性和耐受性。2007 年，日本团队及中美合作团队分别发现，*ALK* 融合基因 *EML4-ALK* 是 4%~7% 非小细胞肺癌（NSCLC）中的驱动致癌基因。克唑替尼可以抑制 EML4-ALK 酶，辉瑞因此决定将克唑替尼的治疗转向 ALK 阳性的肺癌，扩展了正在进行的一期临床试验。

在一期临床试验中，克唑替尼在 119 名 *ALK* 融合基因阳性的 NSCLC 患者中取得了 61% 的客观缓解率（即 61% 的患者中肿瘤完全消失或明显萎缩），在二期临床试验中达到 50%。凭借这些数据，2011 年 8 月 26 日，美国 FDA 批准克唑替尼上市，辉瑞为其命名的商品名为赛可瑞（Xalkori）。

赛可瑞是个体化治疗和精准医疗理念在癌症中的成功应用。FDA 批准赛可瑞的同时也批准了其伴随诊断方法——由雅培生产的检验 ALK 断裂的 FISH

检测试剂盒，赛可瑞成为最早基于肿瘤分子标志物诊断决策用于特定亚型癌症患者的精准治疗药物之一。

2011年，崔景荣及克唑替尼化学团队被授予第38届美国国家年度发明家奖。2013年2月，赛可瑞获得中国国家食品药品监督管理局的批准进入中国市场。2017年，赛可瑞全球销售额近6亿美元。

克唑替尼研发成功后，崔景荣则继续投入到下一个候选药物分子劳拉替尼（loratinib）的设计中。作为克唑替尼的替代药，劳拉替尼能穿越血脑屏障，适用于治疗转移到脑中的继发性肿瘤。2015年，劳拉替尼被FDA批准用于治疗二线或三线的ALK阳性NSCLC。

像所有大公司一样，辉瑞的部门分工非常细，立项一般由生物背景团队决定，然后抽调各部门不同专业的人组成项目团队，设计、合成一环套一环。崔景荣在辉瑞工作十年后，已不再只是一个化学家，她了解患者的需求，具备独立选题的独到见解和能力，她渴望做自己认为正确的研究方向。事实上，选题能力对她后来创业至关重要，因为一个技术公司的关键就在于确定研发方向。

"加入一个生物公司，做什么研究其实个人没有多少选择权。SUGEN是开发蛋白激酶抑制剂的先锋，我进入后就随之开始蛋白激酶的研究。后来SUGEN被辉瑞并购，为了我负责的项目能有结果，我选择留在辉瑞。即使一直留在辉瑞，我也只能主导项目的化学设计，无权决定项目的选择。"

大公司的研究优势在于临床阶段，资源、资金、人员配备都非常充足，临床阶段能够快速推进。但崔景荣也深知大公司的弱点——决策慢，对于新项目的决策效率远远低于小规模的生物制药公司。

"我这个人比较乐观，觉得自己能活到一百岁，所以50岁就是一个重要节点。50岁之前我感觉一直在学习和吸收，过了50岁就很想做一些不同的事，我就给自己定了一个目标——50岁一定要有一个新的开始。2013年我刚好50

岁，离开辉瑞会是一个新的开端，我想去尝试自己最想做也最擅长的事。"

崔景荣选择在 50 岁时离开辉瑞，那一年，她在辉瑞工作了整整十年。

这十年间，继续留在北加州工作的李一山也发生了很大变化。他所在的 Kenson Ventures 领投了生物科技公司 Epitomics 的第一轮融资。这家初创公司的创始人之一、董事长兼 CEO 正是后来在医药圈里大名鼎鼎的余国良。Kenson Ventures 总裁 Kenneth Fong 加入 Epitomics 董事会，李一山则以董事会观察员的身份参与 Epitomics 的管理事务，逐渐与余国良熟识并成为好友。两年后 Epitomics 发展壮大，董事会决定尝试做试剂领域，余国良邀请李一山加入 Epitomics 任主管试剂板块的副总裁，负责试剂产品的开发、市场和销售。

崔景荣去往圣地亚哥工作后，余国良体恤李一山的不易，同意他每周在公司工作四天、在圣地亚哥家中工作一天。于是李一山每星期四下班飞回圣地亚哥，星期一早晨再飞到北加州，坚持了近十年。

在 Epitomics 工作期间，李一山熟悉了公司的运营，也积累了丰富的人脉资源。2012 年 Epitomics 被并购，李一山感觉自己开创新事业的时机也成熟了。

"我创业的最终目标是把药物推进到临床治病救人"

彼时的美国医药大环境也正发生着变化：药企投入越来越大，被批准的药物很有限，而已经上市的很多药品面临着专利过期，大公司开始不断裁人。辉瑞从 2003 年并购 Pharmacia 开始就一直在合并、裁人的循环中，为了节省开支，研发的很多环节不得不选择 CRO 服务。

每个大药企都有完整的新药研发体系，如果一些部门不能在所有时间满负荷运行，就意味着资源的浪费和效率的降低。CRO 的出现从社会层面看是一种趋势，也是一种节约，中国 CRO 行业在无形中被推动着迅速发展起来。崔景荣对此深有体会。她刚到辉瑞时，为了让 CRO 业务能力能与辉瑞匹配，辉瑞经常派专家去指导 CRO 企业，所以那时起家的 CRO 企业起点就很高，药明康德就是其中之一。

CRO 行业的发展反过来也促进了医药人才独立创业。一个创新的科研项目，只要能得到资金支持，科学家就可以独立主导项目的研发，通过外包给 CRO 做合成及检测就可以用最快速度把研发项目推进到临床，科学家创业再也不需要在公司内构建所有需要的新药研发部门。临床试验验证之后，大公司又可以发挥强大的市场推动作用。因此，美国医药产业链发生了巨大改变。

崔景荣在不同规模的生物医药公司工作过，深知各自的优劣，CRO 行业的成熟也让她感觉到科学家创业是可行的。此时，离开 Epitomics 回到圣地亚哥的李一山，也不断鼓励她去做新的尝试。

"生物科技创业通常有两种人。一种人是管理背景，他们根据行业发展的大方向确定项目方向，然后去找资金，再从上往下构建团队；他们的强项可能不是最开始的药物研发，所以通常会通过项目引进快速进入临床阶段，进而快速商业化。另一种人是像我这样的科学家背景，以创新项目为出发点去找资金支持，然后自下而上构建团队，从科学发现开始一步步推进。这两种模式都是基于创始人自身的特长，没有优劣之分。"

2013 年 10 月，崔景荣和李一山联合创立了 Turning Point Therapeutics 生物技术公司（最初名为 TP Therapeutics，后更名为 Turning Point Therapeutics），致力于新一代激酶抑制剂（TKI）的研发。崔景荣在辉瑞的研发业绩，加上李一山在投资圈的人脉，使得公司顺利完成由 Kenson Ventures 领投的第一轮 350 万美元的融资。公司上市前先后完成 4 轮融资共计 1.47 亿美元，分别来自 Cormorant Asset Management、礼来亚洲、Orbimed、GSK 风投部门 SR ONE 等知名投资机构。

崔景荣没有让投资者失望。作为科学创始人，她亲自设计并主导研发了

4个新的候选药：治疗 ROS1 阳性非小细胞肺癌及 NTRK 阳性实体瘤抑制剂洛普替尼（repotrectinib，TPX-0005），c-MET 抑制剂 elzovantinib（TPX-0022），RET 抑制剂 TPX-0046 和 ALK 抑制剂 TPX-0131。如今，这些候选药都已进入临床阶段。

"同一个实验结果，不同的人看出来的结论是不一样的，你能看出什么名堂来绝对与经验有关。当年我做克唑替尼项目时大概设计了几百个化合物，现在我告诉员工每做一个新的化合物都要知道为什么，能用 100 个化合物解决的问题绝不做 1000 个，否则就是浪费。我们筛选化合物可以比一般公司缩短至少 50% 的时间。"

2019 年 4 月，Turning Point Therapeutics 在纳斯达克成功上市。在挂牌交易的第一天，公司股票价格上扬 61%，IPO 之后甚至一度取得 483% 的惊人涨幅。

2020 年 6 月，崔景荣却选择离开 Turning Point Therapeutics。她留下了丰富的产品管线，也为 Turning Point 留下了无限可能。

"我个人的强项是前期立项，当 Turning Point Therapeutics 在研项目重点转移至临床试验阶段时，我和一山就决定从公司退出来。我们决定聘请有临床经验的 CEO 来继续接棒推进，这样可以把产品在临床阶段做得很好，如果我们继续留在公司，反而会让新任 CEO 缩手缩脚放不开。我不追求掌控一切，只要能在某一阶段发挥自己最大的作用就好。从公司发展的角度，作为创始人，此时离开也是对公司最好的选择。"

实际上，崔景荣创立的产品管线对 Turning Point Therapeutics 这样规模的公司已经足够。如果继续开发新项目，推进的速度可能会因资源有限而受影响。从这个角度，如果大公司接手进入临床试验会更有保障，速度也会更快，因为大公司在后期临床开发阶段占有绝对优势。

2022年6月，BMS宣布并购Turning Point Therapeutics，并购总额达41亿美元。这一结局，虽然为崔景荣的第一次创业画上了完美的句号，但她真正最期待的是洛普替尼早日获批上市，造福更多癌症患者。

"第一次创业，对我而言是一个学习的过程。我没有想过模式，也没有计划得太远，我创业的最终目的就是把药物推到临床治病救人，临床的最后成功是我内心的唯一目标。至于成功之后这个药在谁的手里都无所谓，只要能治病救人，我的目的就达到了，最后的结果肯定也不会差。"

第一次创业成功也让李一山特别感慨。他说非常佩服创业者，因为公司不论大小，只有走过来的人才深知其中的不易。他曾对余国良说："自从我创业了才真正理解你当年的艰难，因为最后如果天要塌下来，只能由创始人顶着。"

"我周游世界的计划又要被推迟了"

2021年3月初财经新闻报道：一家位于圣地亚哥、专注于肿瘤和自身免疫病的生物制药公司Blossom Hill Therapeutics宣布在A轮融资中筹集到7 100万美元，这家小分子药物研发公司由著名的药物设计和开发科学家J. Jean Cui博士和生物产业资深人士Y. Peter Li博士联合创立。

报道中的J. Jean Cui正是崔景荣，Y. Peter Li则是李一山。

"2020年离开Turning Point Therapeutics后，我本来计划回国跟父母待一段时间就去周游世界。但新冠疫情来了，所有计划都无法实施。尤其在疫情初期，我和大家一样每天只能待在家里，我就开始专注健康饮食、做运动、读书。那段时间也让我有机会静下心来认真思考以后做什么，慎重考虑后，我决定开始第二次创业。我周游世界的计划又要被推迟了。"

有了第一次创业的成功，第二次创业融资容易了很多。崔景荣依然不喜欢谈战略规划，她跟投资人的沟通语言是：我打算做哪个方向、有把握解决哪些问题、从研发推进到临床需要多长时间、大概需要多少资金——这大概也是科学家创业的典型。

新公司 Blossom Hill Therapeutics 由 Cormorant Asset Management LLC 领导 A 轮融资，并由 OrbiMed Advisors 和 Vivo Capital，Hercules BioVentures Partners LLC 联合领投。Cormorant 负责人表示："我们正处于为具有可操作突变的患者提供精准癌症治疗的黄金时代，非常荣幸再次与崔博士合作，以使其独特的药物设计能力为有需要的患者提供强大的创新药物。"

"Blossom Hill Therapeutics 现在有 20 位研发人员，管理层很简单，大家都在做一线研究，包括我自己。激酶是很成熟的研发领域，我也非常熟悉，但在成熟的基础上做创新更难。我们的出发点依然是临床需求，从这个角度，哪些靶点能够达到目的我们就选择哪个。具体研究领域目前还不便公布，数据将是最好的证明。"

对话

宁静： 业界有一种说法——国外 Biotech 公司大多会卖给大药企，而国内 Biotech 都想自己做成大药企成为"百年老店"。您创立的第一家公司 Turning Point Therapeutics 被 BMS 并购，似乎印证了这种说法。您认同这一观点吗？

崔景荣： 发展到一定程度后并不是一两个人就能决定公司的未来，尤其上市公司的最终决定权在董事会。Turning Point Therapeutics 后来也在招募团队以建立自己的市场和销售渠道，这是公司发展的自然过程。创业时我们无法预料后来会被并购，所以还是以自主推进为目标。当有大公司想要收购时，董事会需要选择一个最优方案。Turning Point Therapeutics 被收购是在我离开公司之后，所以我没有参与。作为一个制药人，我喜欢把事情做得简单一点，只要把药做成了，我的目的就达到了。

李一山： 很少有公司在创办时目标就是被收购，真正能被成功收购的也是少数。创业公司有几条发展路径，上市是其中之一。上市后做得好可以一直自主往前走，比如资金雄厚的 Turning Point Therapeutics 也可以选择不被收购。生物医药是一个极烧钱的行业，多次融资后创始人很少还能控股，所以最终决定权在董事会。我们从创业那一刻起就瞄准了如何把项目做好、解决目前医疗上解决不了的问题。只要有价值，不管走哪条路都可以立于不败之地，BMS 购买 Turning Point Therapeutics 也证明了这一点。

宁静：第一次创业遇到的最大挑战是什么？第二次创业有何不同？

李一山：第一次创业最艰难的是首轮融资，基本是信任我们的朋友的天使投资。融资数额仅350万美元，我们非常节省，公司最初的面积仅300平方米，用的都是旧设备。好在研发数据一直比较好，后来融资就容易了。

第二次创业时变成了投资人追着我们问是否需要资金支持，从我们决定融资到资金到账7 100万美元仅用了30天。我和景荣都非常感激投资人的信任，也会尽全力不辜负这种信任。第二次创业虽然发展路径更清晰、有成功经验作为后盾，但也不一定会比第一次创业更顺利，因为科学本身充满不确定性，创新就要解决新问题。

另外，我们在两次创业中角色定位有所不同。第一次创业时我是CEO（首席执行官），景荣是CSO（首席科学家）；第二次创业景荣是CEO，我是执行董事长。为什么这样设置？因为景荣的能力对我们这个初创科技公司而言无可替代，她在Turning Point Therapeutics的经历证明她完全有能力统领整个公司。作为执行董事长，我可以支持她、做她没有精力去做的事情，比如非研发类的公司事务——财务、人力资源、培训等。

宁静：连续创业对您的最大吸引力是什么？

李一山：我们离开Turning Point Therapeutics后原本想去世界各地旅行，但因为疫情搁浅了。不过说实话，像我们这样的人旅行也只是短时间的，我们还是更习惯于这些年已经形成的工作和生活方式。

生物医药产业有特别之处，经验丰富的人非常重要，比如像景荣这种有独特视角和能力的药物设计科学家。我之前在投资公司时每年要看一两百个项目，也见过不少创始人，在药物设计及计划方案上没有遇到超越景荣的。

景荣研发的药有两个已经上市，还有一个也会很快上市，如果能再创造出几个药回馈社会，作为一个科学家已经非常了不起。我们熟悉创新药流程，刚好有人愿意投资支持我们，这件事又兼具兴趣和社会责任感，再创业就自然发生了。对我们而言，连续创业就像从一个热爱的工作换到另一个热爱的工作，创业也已经成为生活的一部分。另外，一旦创业就习惯于自己做决定，如果不完全退休，再创业也是必然的选择。

宁静：夫妇两人在一起工作发生分歧怎么办？下班回家后是否还会经常谈工作？

崔景荣：从第一次创业开始我们就有比较明确的分工，我专注于研发项目，一山负责融资、财务等其他管理事务。当年他完成博士后进入企业就感觉对管理比较感兴趣，后来又去读了 MBA，没想到 20 年后为我们一起创业打下了基础。

下班后，我们每天都散步，基本保持一天一万步，但不太聊公司的事情。一山的兴趣非常广，人文地理都知晓。我的关注点非常窄，他经常聊一些新东西扩充我的知识面。我比较喜欢烹饪，但现在要控制饮食就不经常做了。现在最喜欢瑜伽，每天早晨练瑜伽 1.5 小时才去上班，收获也很大，比如我年轻时从来没做过"一字马"，现在快 60 岁了反而做到了。只要努力就能看到成果，这是坚持做瑜伽给我最深的体会。

李一山：我们开始创办 Turning Point Therapeutics 时有过一个口头协议，研发项目的部分我可以参与或提出建议，但由景荣做决定，与商业有关的部分则由我来决策。比如关于项目方向，景荣想做耐药性，我从商业角度希望做一些 me better 药物以降低风险，但景荣说没有意义，是浪费社会资源。我尊重了她的决定，事实上她是对的。

任何事情想要做好都必须专注并投入大量时间，不是仅靠聪明就能做好所有的事。景荣做药物设计多年，积累了丰富的经验，自然比别人看得更深更远，她又是一个特别努力的人，所以在研发项目方面她绝对是权威。我做商业多年，积累的经验和阅历也是别人无法替代的，所以我们各自发挥自己的优势。

宁静： 您是中美教育的受益者，两种不同的教育方式在工作中有何差异？

崔景荣： 中国教育有非常值得赞赏的一面，学生基础知识扎实、做事态度很积极、认真，但中国人有时容易把自己禁锢住，本来已经达到很高的水平，却总觉得不如别人，这样容易错失很多机会。

美国教育就完全不同，基础不一定很扎实，但强调独立思考和自信心的建立。在管理层，美国人比亚洲人有更大优势，近些年美国公司高层管理层中印度人比中国人多，这也与自信有关。在一个团队中，把自己放到什么位置往往取决于自信心。

另外，团队合作在工作中的影响也很大。美国人非常强调团队合作，而中国人虽然在个人努力方面很强，但有意识地主动参与、引导团队合作相对比较弱，这可能也是中国人很少出现在团队领导位置上的重要原因之一。

宁静： 中国基础教育很强，中国学生在各类竞赛中也常有出色表现，但最终做出成绩的概率却不如美国，您对此有何看法？

崔景荣： 任何成绩都需要积累，比如诺贝尔奖就是长期努力的结果。中国改革开放才四十多年，还没有达到真正的突破阶段，并不能因此说我们中国人做得不够好。我觉得大家有时候过于急躁，中国从很落后的状态一直在追赶，即使在重复别人，当无限接近时才有可能去超越。到那时，中国人获得诺贝尔奖就是顺其自然的事。

任何科学研究都不是为了获得某种奖项而生，作为一种新的科学突破，只有被后人意识到对全人类有贡献才可能获奖。如果评价机制把科研人员逼得太苦，研究质量就会受影响，所以应该回到一种自然的状态。另一方面，虽然目前国内对论文的追求存在弊端，但也有一定的成果，我们查文献时尤其在顶级科学杂志上，中国人的论文非常多，我相信积累到一定程度时肯定会有人获得诺贝尔奖，这是从量变到质变的过程。

宁静：这么多年在美国工作学习，是否考虑过回国？

崔景荣：我只是一个普普通通的科研工作者，不太喜欢社交。很多人说到美国就像到了乡下，我倒觉得干扰比较少，可以静下来踏踏实实做事。如果能一心一意专注于一件事，人也会比较放松。

创业前，我曾应邀回国几次作报告，跟国内临床医生沟通得比较多。创业后节奏非常快，比如第一次创业从建立公司到项目申请临床试验只用了两年时间，很少有时间和精力再考虑公司之外的机会和活动。

另外，尽管医学在飞速进步，我们仍然会看到生命在疾病面前的无助甚至束手无策，这时责任感会超过一切。当我发现有一个可能的解决方案，就希望以最快速度去付诸实践，希望用最小代价、最短时间达成预定目标，因此我更喜欢在熟悉的环境里做事，毕竟轻车熟路，所以一直没有时机考虑回国。

李一山：创办第一家公司时我曾经回国考察过，当时去了杭州和天津。美国的融资一到位就有了压力，速度不得不提起来，也就没有精力再考虑其他事，所以始终没有迈出回国这一步。人要找到适合自己的环境和方式，我有很多朋友在国内发展得很好，我也为他们感到高兴。

宁静：是否有特别遗憾的事？如果有机会重新选择，您会作出什么改变？

崔景荣：在事业方面，我这一辈子还是非常幸运的。即使有机会重来，我也还会选择化学，还会做一名药物化学家，因为我感觉做药物研发是一种使命，一种责任，当然也乐在其中。

但还是有一些遗憾，比如年轻时总是对一些事过度紧张。如果能重新来过，我希望花更多时间陪伴孩子，我的两个女儿基本是放养式教育，她们小时候我没有太多时间去关注，即使我在孩子身边也经常人在心不在。

我也曾经因为要接送孩子上下学在公司只能工作 8~9 个小时，等孩子们吃完晚饭后再工作到午夜，所以很多药物设计工作都是在家完成的，劳拉替尼的原始设计灵感就来源于我开车上班路上对前一天晚上问题的突发奇想。所以，兼顾家庭对每一个职业女性都是很大的挑战，如何平衡工作与家庭尤为重要。

李一山：有些事因为有了更多经历看法会有所不同，也不能算遗憾。比如我们都是学科学的背景，熟悉相关行业，所以希望孩子也像我们一样。当年她们有不同的兴趣，我就先试着说服她们。如果现在遇到同样的问题，我会选择积极支持孩子的兴趣，但当时就是受到视野的局限。

宁静：对于正在求学或初入职场的年轻人，您想说些什么？

李一山：我在做博士后时发现自己对科研的兴趣不充分，后来决定遵从内心去商学院读书，之后做生物医药商务管理工作至今，我觉得是很正确的决定。所以，一个人的职业发展不要过早固化，应该从真实兴趣出发并考虑自身的能力才能获得真正的满足感。

崔景荣：我们这一代人其实很幸福，小时候自由玩耍不用考试，初中才开始正规学习，在自然的状态中长大，后来又有机会接受一流的大学教育。

如今四十多年过去了，中外教育水平的差距越来越小。尤其现在网络如此发达，如果只从知识的角度，在家也能学习大学知识。但是一个人开阔的眼界对人生有着重要影响，有机会与世界上不同民族的人接触其实是拓宽视野的过程。所以，在哪里上大学并不重要，重要的是开阔眼界、培养国际视野，这对人生意义深远。

我工作初期变动比较多，每个公司都有不同的研究方法，经过不同的学习过程，知识水平和能力都会在无形中提高。时间是不可逆的，我希望在时间的长河中留下痕迹，少有遗憾，每一件事都尽量做到自己能做得最好，多年积累后就会发现一个不一样的自己。

我的背景是化学，进入生物医药行业就意味着所有与药物有关的知识都要从头学起，如晶体结构、计算化学、蛋白质、药物动力学、毒理学等。在美国工业界，药物化学家95%以上来自有机化学专业，之后就边干边学。如果只满足于做化学，那就只能一直待在实验室作合成。如果想成为一个真正的药物化学家，就需要花额外时间去钻研，多年后才能有机会站在更高的角度看问题、解决问题。这时候，在大学积累的学习方法、习惯，甚至哲学思维都会有帮助。

最后，不论做什么工作，别忘了快乐最重要。

（采访时间：2022年8月）

访谈后记

（2023 年 1 月）

崔景荣老师的访谈录刚刚发布，就收到一位朋友的微信："你是怎么联络到崔博？她是美国华人制药界的传奇，我们了解一些她的经历，但这样动人的访谈录还是让人感觉蛮激动的。"

中间的联络环节，其实还有一段蛮有趣的花絮。

持续了一年的连续创业者系列访谈录已经接近尾声，我们都希望能有一个完美的收官之作，受访者的筛选因此变得更加谨慎。医药魔方媒体负责人郭超伟分享了一则新闻，题目是《273 亿！医药巨头收购华裔科学家公司，对国内 Biotech 有何启示？》，这则新闻的主人公崔景荣、李一山夫妇正在二次创业，他们在海外连续创业的故事也正是我们认为值得被看见和发掘的。

巧合的是，连续创业者系列访谈录的首位受访者余国良博士也转发了这则新闻。我在这篇访谈录中有这样一段描述——"如果想联络到一个人，需要的中间环节不会超过六人，我想亲自佐证这个统计数据的合理性，没想到结果异常顺利：尽管她远在地球的另一面，中间联络环节居然没有超过两人"——显然，余国良博士就成为那个最重要的"中间联络人"。

更令我惊讶的是：李一山曾与余国良共事多年。在后来的访谈中，李一山博士特别谈及他在 Epitomics 期间每周往返南北加州并坚持了十年的往事。

访谈之初，我原计划平行采访和撰写崔景荣和李一山博士共同创业的故事，不分主次。但这个计划被一山博士否决了，他说："景荣是罕见的药物设计科学家，文章内容请聚焦和突出她的故事，关于我的内容只作为补充，因为这样更有意义"。我尊重了他的决定，我想这也是他们夫妇能够共同创业、彼此成就的根源吧。

访谈中，景荣老师不止一次地说过，她只是一个普普通通、留在海外的科学家，所有的分享都是她的真实想法，"如果觉得有些内容没有价值，随时都可以删掉；如果这次的访谈没有意义，也可以不发表，都没关系。"

我感动于她的谦逊，她的坦诚，她对实事求是的执着——这何尝不是我们想追求并坚持的？！

致谢

感谢为本书出版而努力和付出的所有朋友！

感谢每一位接受采访的连续创业者，因为你们的信任和畅所欲言，才促成了这本"厚实"的访谈实录。

感谢为本书撰写推荐语的第一季"创新者"，因为你们的持续支持，才有了写作第二季的信心和根基。

感谢为本书撰写推荐序的毕井泉老师，因为您在医药界的公认影响力，本书会遇见更多的同道。

感谢高等教育出版社副总编辑林金安老师的认可和远见，"销量不是高教社最关注的目标，价值才是"——这句话几乎在一瞬间促成了本书的出版；感谢生命科学与医学事业部主任吴雪梅老师的专业建议与支持；感谢张映桥编辑校对书稿的严谨。感觉就像遇到对的人，什么时间在一起都不晚。

感谢有缘再次遇见的每一位读者。

宁　静

2023 年 3 月

郑重声明

高等教育出版社依法对本书享有专有出版权。任何未经许可的复制、销售行为均违反《中华人民共和国著作权法》，其行为人将承担相应的民事责任和行政责任；构成犯罪的，将被依法追究刑事责任。为了维护市场秩序，保护读者的合法权益，避免读者误用盗版书造成不良后果，我社将配合行政执法部门和司法机关对违法犯罪的单位和个人进行严厉打击。社会各界人士如发现上述侵权行为，希望及时举报，我社将奖励举报有功人员。

反盗版举报电话　（010）58581999　58582371
反盗版举报邮箱　dd@hep.com.cn
通信地址　北京市西城区德外大街4号　高等教育出版社法律事务部
邮政编码　100120

读者意见反馈

为收集对教材的意见建议，进一步完善教材编写并做好服务工作，读者可将对本教材的意见建议通过如下渠道反馈至我社。

咨询电话　400-810-0598
反馈邮箱　gjdzfwb@pub.hep.cn
通信地址　北京市朝阳区惠新东街4号富盛大厦1座　高等教育出版社总编辑办公室
邮政编码　100029

防伪查询说明

用户购书后刮开封底防伪涂层，使用手机微信等软件扫描二维码，会跳转至防伪查询网页，获得所购图书详细信息。

防伪客服电话　（010）58582300